KB274420

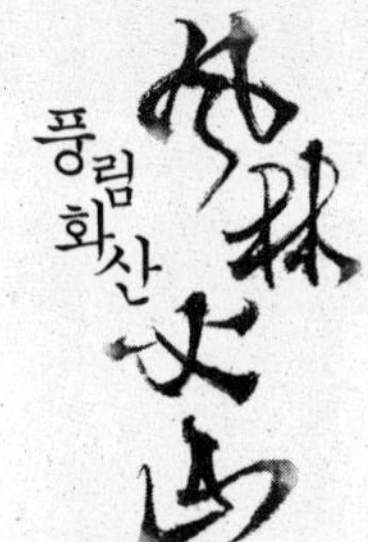

풍림화산 1

임영기 新무협 판타지 소설

초판 1쇄 찍은 날 § 2010년 3월 19일
초판 1쇄 펴낸 날 § 2010년 3월 26일

지은이 § 임영기
펴낸이 § 서경석

편집장 § 문혜영
편집 § 주소영

펴낸곳 § 도서출판 청어람
등록번호 § 제1081-1-89호
등록일자 § 1999. 5. 31
어람번호 § 제2-1906호

주소 § 경기도 부천시 원미구 심곡2동 163-2 서경B/D 3F (우) 420-822
전화 § 032-656-4452 팩스 § 032-656-4453
http://www.chungeoram.com
E-mail § chungeoram@chungeoram.com

ⓒ 임영기, 2010

ISBN 978-89-251-2124-6 04810
ISBN 978-89-251-2123-9 (세트)

임영기 新무협 판타지 소설

FANTASTIC ORIENTAL HEROES

風林火山

풍림화산

지옥으로 1

目次

序　7

第一章　천당에서 지옥으로　9

第二章　끝없는 추락　31

第三章　탕아와 건달　49

第四章　두려움은 없고 자존심은 강하다　71

第五章　가슴속에는 원한을 새기고　101

第六章　오직 생존할 것　135

第七章　흰 이슬은 강에 비끼고　161

第八章　불꼬챙이　191

第九章　사혈(死穴)을 찔리면 죽는다　217

第十章　교훈은 머리에, 원한은 가슴에　245

第十一章　대라십팔산수(大羅十八散手)　273

序

빠르기가 바람과 같고[其疾如風],

고요하기는 숲과 같으며[其徐如林],

치고 앗을 때는 불같이 하고[侵掠如火],

움직이지 않을 때는 산처럼 한다[不動如山],

숨을 때는 어둠 속에 잠긴 듯하다가도[難知如陰],

움직일 때는 벼락이 치듯 해야 한다[動如雷震].

그것이 곧 풍림화산이다[風林火山].

후일 단운비(檀雲飛)는 그렇게 되었다.

第一章
천당에서 지옥으로

풍림화산

천하의 가장 어두운 곳에서 삼 년 동안의 치밀한 조사 끝에 하나의 명단이 작성됐다.

명단의 상단에는 '사무살(四無殺)'이라고 적혔고, 그 아래에는 네 명의 이름과 신상에 대한 기록이 차례로 빼곡하게 적혀 있었다.

장차 천하무림에 대혈풍을 일으킬 네 사람의 이름이다.

그리고 명단을 손에 쥐고 있는 자가 명령했다.

"선발된 '사무살'을 모든 수단과 방법을 동원해서 내게 데려오라."

*   *   *

강북 최고의 천재.

강북 최고의 파락호(破落戶).

강북 최고의 색광.

이것들은 오직 한 사람을 지칭하는 말이다.

천화공자(天花公子) 단운비.

낙양과 개봉 일대의 내로라하는 최고급 기루 거의 모두를 그 혼자서 먹여 살리고 있다 해도 과언이 아닐 정도이니 그에 대한 더 이상의 설명이 필요없을 터이다.

그는 강북무림의 절대자인 북문(北門) 신룡문(神龍門)의 소문주라는 엄청난 신분이었다.

*   *   *

얼굴에 비치는 햇살이 너무도 눈부시고 강렬해서 설핏 잠에서 깬 단운비는 눈을 뜨지 않은 채 얼굴을 잔뜩 찡그리며 투덜거렸다.

"으으, 눈이 부시잖아! 어떻게 좀 해봐라!"

지난밤에는 정말 오랜만에 대취했다. 근래에 들어서 그렇게 취해보기도 처음이었다.

그 아이 이름이 뭐였더라? 아! 아소!

"아소야! 내 말 듣지 못했느냐? 눈이 부시다고 했잖느냐? 어서 창 좀 닫아라!"

단운비는 와락 인상을 쓰면서 약간 더 언성을 높이고 나서 온몸에 선뜻한 한기가 느껴지자 돌아누우면서 이불을 끌어당겼다.

개봉(開封)의 겨울은 밖에 잠시 서 있기만 해도 코끝이 새빨개지고 볼따구니가 떨어져 나갈 듯이 춥다.

눈이 부신 이유는 창을 열어놓았기 때문이고, 그래서 찬바람이 들어와 추운 것이라고 그는 잠결에 생각했다.

게다가 옆머리가 깨질 듯이 지끈거렸고, 속이 더부룩하면서 메슥거렸다.

그는 십오 세 이후부터는 거의 하루도 빼놓지 않고 술을 마셔왔지만 체질상 숙취 같은 것으로는 한 번도 고생을 해본 적이 없었다.

그런 그가 지금 어이없게 한 번도 경험해 보지 않은 숙취를 느끼고 있었다.

그런데 어찌 된 일인지 잠시가 지나도록 눈부심은 여전했고, 어느새 서늘함은 추위로 변해서 온몸에 오슬오슬 한기가 스며드는 게 장난이 아니다.

그는 술을 진탕 마신 다음날은 으레 정오가 되도록 늦잠을 자는 오래된 습관이 있었다.

그것은 숙취나 노곤함 때문이 아니라, 혼곤한 중에 자다가 깨다가를 반복하며 할 일 없이 대굴거리는, 약간은 나태한 게으름을 즐기기 위해서였다.

그의 정확한 생체 시각은 지금이 진시(辰時:아침 8시)는 약간 지났고, 사시(巳時:아침 10시)가 되기에는 이른 시각이니까 좀 더 대굴거리기를 유혹했다.

그런데 지금 눈부심과 추위가 그 나태한 게으름의 쾌감을 방해하고 있었다. 게다가 어찌 된 일인지 이불도 당겨지지 않았다.

"빌어먹을, 아소 이것이……."

그래도 그는 여전히 눈을 뜨지 않은 채 인상을 쓰면서 두 손을 허우적거리며 이불을 찾았다. 그러나 웬일인지 여전히 이불이 손에 잡히지 않았다.

눈은 점점 더 부셨고, 이제는 너무 추워서 온몸에 소름이 돋았으며, 뼛속까지 어는 것 같아서 그는 더 이상 참지 못하고 눈을 뜨며 버럭 고함을 질렀다.

"이년아! 내 말 못 들었느냐?"

촤악!

순간 그는 무언가에 온몸을 강하게 맞았다.

아니, 갑자기 불어닥친 돌풍에 휩쓸린 것 같기도 하고, 커다란 바위에 깔린 듯한 충격 같기도 했다.

하여튼 그것은 단운비로서는 난생처음 느끼는 것인데, 말로만 듣던 벼락을 맞은 느낌이 아마도 이것과 비슷할 것 같았다.

“……!”

엄청난 고통이 엄습했다. 도대체 무엇인지 정체도 알 수 없는, 그저 지독한 고통이었다.

그러나 그는 급히 눈을 떴다가 그 순간 눈이 멀어버릴 듯한 엄청난 섬광 때문에 뜰 때보다 더 빠르게 감아버리고 말았다.

그리고는 당장이라도 숨이 끊어져 버릴 것 같은 격렬한 고통 때문에 온몸을 떨어댔다.

그 고통의 원인이 무엇인지는 모르지만 두 가지만은 분명했다. 미친 듯이 고통스럽다는 것과 생전 처음 당해보는 고통이라는 사실.

덜덜덜덜—

“흐으으…….”

그는 온몸을 사시나무 떨듯이 떨어대며 신음을 흘렸다. 그렇게 떠는 것 역시 난생처음이었다.

딱딱딱딱—

뿐만 아니라, 이빨이 걷잡을 수 없이 마주 부딪치며 요란한 소리를 냈다.

얼마나 이빨이 격렬하게 부딪치는지 골까지 다 흔들려서 어지럽고 속이 메슥거려 구토가 올라올 지경이었다.

천재지변이 달리 있는 것이 아니라 그에게는 바로 이런 게 천재지변이었다.

그는 격렬한 고통 중에서도 자신이 겪고 있는 이 정체불명의 고통이 무엇인지 궁금하기 짝이 없었다.

어떻게든 그것을 알아내야만 고통을 멈출 방법을 찾아낼 수 있을 것 같았다.

덜덜덜덜—

"크으으……"

얼마나 시간이 흘렀을까.

고통이 극에 달했을 때쯤의 어느 한순간, 그는 자신이 당하고 있는 고통이 무엇인지 확연히 깨달을 수 있었다.

그것은 추위였다. 무엇과도 비교할 수 없을 정도로 아주 지독한.

"왜 내게 욕을 했지?"

그때 단운비의 바로 앞에서 나직하지만 은은한 분노가 깔려 있는 낯선 여자의 음성이 터졌다.

그리 심하지 않은 양주(揚州:절강성) 지방 사투리인데, 분명한 것은 그 음성이 어젯밤 술시중과 잠자리 시중을 들던 아소의 나긋나긋함하고는 거리가 아주 멀다는 사실이다.

단운비는 너무 추워서 정신이 하나도 없었다.

그는 추위 때문에 인간이 이처럼 고통스러울 수도 있다는 사실을 처음 깨달았다.

반면 자신이 왜 이런 추위를 겪어야만 하는 것인지는 깨닫지 못했다.

"왜 내게 욕을 했느냐고 물었잖아, 이 거지새끼야!"

눈앞에서 또다시 여자의 억센 외침이 들려왔다. 처음보다 언성이 꽤 높아졌고 날카로웠으며 이번에는 욕설까지 섞여 있었다.

'거지새끼?

단운비로서는 이해할 수 없는 호칭이다.

대신룡문의 소문주인 단운비가 어찌 거지새끼일 리가 있겠는가. 그래서 그는 여자가 욕을 하는 대상이 자신이 아닐 것이라고 생각했다.

그렇지만 그게 아니더라도 그는 눈을 떠야만 했다. 너무나 추워서 금방이라도 죽을 것만 같았다.

이윽고 그는 두 눈에 잔뜩 힘을 주고 아주 가늘게 눈을 떴다. 역시 섬광 같은 눈부심이 기다렸다는 듯이 두 눈 속으로 파고들었다.

하지만 힘을 주어 눈꺼풀을 파르르 떨면서 힘겹게 눈을 떴다. 두 번째 눈을 뜨는 것이어서 처음보다 눈부심은 덜한 것 같았다.

그렇더라도 눈부심 때문에 아무것도 보이지 않았다.

다만 한 여자가 한 손에 뭔가 넓적한 것을 쥐고 다른 손을 허리에 얹은 채 단운비 자신의 앞에 서 있는 어슴푸레한 윤곽과, 그녀의 뒤쪽 머리 높이에 해가 떠 있는 것이 간신히 보일 뿐이다.

섬광은 바로 태양 때문이었다. 단운비는 태양을 정면으로 마주하고 있었던 것이다.

"이 자식아! 너 벙어리야? 왜 나한테 욕을 했느냐고 물었잖아!"

"아소, 너……."

단운비는 그녀가 여전히 아소라고 생각했다. 어젯밤 자신이 잠든 이 방, 이 침상에 아소 외에 다른 여자가 있을 리 없었으므로.

하지만 그녀가 무엇 때문에 자신에게 욕을 하는지는 알지 못했다. 아니, 알고 싶지도 않았다.

어쩌면 아소는 어젯밤에 단운비에게 선물로 받은 한 알의 커다란 흑진주 때문에 미쳐 버린 것인지도 모른다.

단운비는 몸을 한껏 웅크린 채 힘겹게 비틀비틀 일어서며 중얼거렸다.

"으으… 미쳤느냐, 이년."

철썩!

쿵!

순간 그는 눈에서 불똥이 번쩍 튀는 것과 정신이 아득해지는 것을 동시에 느끼면서 엉덩방아를 찧으며 그대로 주저앉고 말았다.

그는 잔뜩 어이없다는 표정을 지은 채 잠시 동안 멍하니 앉아 있었다.

왼쪽 뺨이 화끈거리는 것이 그제야 느껴졌다. 그리고 그는 자신이 뺨을 얻어맞았다는 사실을 깨달았다.

휙!

"이년이!"

그는 앞뒤 가릴 것 없이 튕겨 일어나며 아소라고 생각되는 여자에게 달려들어 거세게 오른 주먹을 휘둘렀다.

퍽!

"악!"

단운비의 주먹이 여자의 관자놀이라고 여겨지는 부위를 강하게 가격했다. 이것으로 그는 태어나서 최초로 사람을 때려봤다.

여자는 두 발이 허공으로 한 자가량 둥실 떠오르더니 가격당한 반대방향으로 몸이 기울어졌다가 짚단처럼 맥없이 쓰러졌다.

"윽!"

그러나 단운비는 여자를 쳐다볼 겨를도 없이 다급히 왼손으로 자신의 오른 주먹을 감싸 쥐고는 비명을 터뜨렸다.

"으악!"

태어나서 이날까지 사람은커녕 강아지조차도 때려본 적 없는 고사리 손목, 솜방망이 주먹이 단단한 뼈에 살가죽을 입혀놓은 얼굴을 때렸으니 손이 부서지는 것처럼 아픈 것이 당연했다.

"으으… 주먹이 부서졌나 보다……."

그는 주먹을 움켜쥐고 눈물을 찔끔거렸다.

키가 웬만한 여자보다 머리 하나는 더 크고 체구도 훨씬 큰 그가 주먹으로 여자를 때려놓고는 눈물을 찔끔거리는 꼴이란 혼자 보기 아까울 정도로 가관이다.

“……!”

그런데 갑자기 단운비는 동작을 뚝 멈추고 얼굴 가득 어리둥절한 표정을 떠올렸다.

주먹을 움켜쥐고 쩔쩔매던 중에 무심코 자신의 행색을 본 것인데, 그 순간 자신이 헛것을 봤다는 생각이 들었다.

그래서 그는 주먹의 통증도 잊은 채 급히 자신의 몰골을 살펴보았다.

“뭐, 뭐야, 이게?”

잘못 본 것이 아니다. 세상에 거지꼴도 이런 거지꼴은 찾아보기 어려울 것이다.

현재 그가 입고 있는 것은 더 이상 낡을 수 없을 정도의 베옷인데, 하도 때에 절어서 원래의 색이 무엇인지도 모를 정도로 새카맸다.

또한 어디 한 군데 온전한 곳 없이 상의, 하의 온 데를 누덕누덕 기웠으며, 기운 곳보다는 찢어지고 해진 곳이 더 많았다.

더구나 초가을에나 입음 직한 홑옷이었으며, 방금 전에 끼얹어진 물 때문에 흠뻑 젖어서 물이 뚝뚝 떨어지고 있었다.

“아소, 내가 왜 이런 꼴을…….”

단운비는 방금 전에 자신에게 얼굴을 얻어맞은 후 여전히 쓰러져 있는 여자를 보며 망연자실한 얼굴로 중얼거리다가 표정이 확 굳어지며 말을 흐렸다.

"이… 새끼가 날 쳐?"

그런데 험한 욕설을 씹어뱉으면서 비틀거리며 일어서는 여자는 결단코 아소가 아니었다.

아니, 아예 아소와는 거리가 먼 모습이다.

단운비가 입고 있는 누더기와 별반 다를 바 없는, 아니, 두툼한 누비옷을 입었다는 것이 다를 뿐, 새집처럼 멋대로 헝클어진 머리에 때가 더덕더덕 끼어서 눈을 제외하곤 맨살이 거의 보이지 않는 새카만 얼굴.

그래서 용모는 고사하고 나이나 성별조차도 구별하기 힘들었고, 두 발로 서 있다는 것 때문에 사람이라고 겨우 알아볼 수 있을 정도의 몰골이 거기에 있었다.

그야말로 상거지였다.

"넌… 누구냐? 아소는 어디에 있지?"

단운비는 어리둥절한 얼굴로 묻다가 여자 거지의 한 손에 깨진 나무 대야가 쥐어져 있고, 거기에서 물이 뚝뚝 떨어지는 것과 자신이 흠뻑 젖은 모습인 것을 놀란 얼굴로 번갈아 쳐다보았다.

그리고는 조금 전에 그녀가 자신에게 물을 끼얹었다는 사실을 짐작해 내고 더욱 어이없는 얼굴이 되었다.

“네가 내게 물을 뿌렸느냐?”

“그래. 이 자식아! 내가 구정물을 버리러 가는데 네놈이 나더러 대뜸 욕을 하기에 열받아서 끼얹었다! 뭐가 잘못됐냐, 이 나쁜 자식아?”

그녀는 욕을 하지 않으면 말을 할 수 없는 병이라도 걸렸는지 입만 열면 욕이 쏟아졌다.

덜덜덜덜.

멍한 얼굴의 단운비는 뼛속까지 얼어버리는 것 같은 극심한 추위를 느끼면서 한껏 몸을 웅크린 채 그제야 천천히 주변을 둘러보았다.

“……!”

다음 순간 그의 얼굴에 극도의 경악이 떠올랐다.

그가 서 있는 곳은 어느 냇가의 둑 아래였다. 그리고 여자 거지가 서 있는 뒤쪽으로 땅바닥에 붙은 듯한 움막 십여 개가 다닥다닥 게딱지처럼 모여 있었다.

움막들 주위 양지 쪽에 여러 명의 거지가 아주 게으른 동작으로 드러누워서 해바라기를 하며 뭔가를 꼼지락거리고 있는 광경이 보였다.

그중에 어떤 거지는 어슬렁거리면서 움막 사이를 걷고 있는가 하면 또 다른 거지는 냇가에 웅크리고 앉아서 세수를 하고 있는 광경이 시야에 들어왔다.

단운비의 눈에 보이는 모든 것이 거지뿐이었다.

그는 급히 조금 전까지 자신이 잠들어 있던 곳을 뒤돌아보 았다.

그곳은 마른풀이 무성한 둑의 가장 아래쪽이었으며, 한 사 람 체구 정도의 풀이 눕혀져 있었다. 그는 그곳이 자기가 여 태까지 자고 있었던 곳이라고 추측했다.

취봉각(翠鳳閣) 아소의 방 침상 위라고 믿어 의심치 않았던 곳이 마른풀 위였던 것이다.

불신이 가득 떠오른 표정의 그는 고개를 천천히 돌려서 이 번에는 오른쪽을 쳐다보았다.

그쪽은 냇물의 상류였고, 그 끝 아스라이 먼 곳에 하나의 높은 산이 아침의 뿌연 안개 속에 웅크리고 있었다.

마침내 그는 자신이 태어나서 한 번도 와본 적이 없는 곳에 서 한 번도 겪어보지 못했던 상황에 처해 있다는 사실을 깨달 았다.

그는 꿈을 꾸듯 멍한 얼굴로 아무도 대답해 주지 않을 말을 중얼거렸다.

"취봉각은? 내가 자던 침상은… 그리고 아소와 다른 기녀 들은 어디에 있는 거지?"

"미친놈! 무슨 헛소리야?"

여자 거지가 단운비에게 맞아서 금세 퉁퉁 부어오르고 있 는 눈두덩을 어루만지면서 그에게 다가서며 눈에서 독한 빛 을 뿜어냈다.

"이 자식아! 네가 뭔데 날 때려?"

"물러서라! 더러운 년이 감히 어딜……!"

단운비는 멈추지 않고 다가드는 여자 거지에게 호통을 치다가 끝까지 말을 잇지 못했다.

그녀가 한 손에 쥐고 있던 나무 대야를 단운비의 머리를 향해 있는 힘껏 휘둘렀기 때문이다.

퍽! 퍽! 퍽!

"으악! 어쿠! 억!"

구타는 한 번이 아니라 연속적으로 이어졌다. 단운비는 머리가 부서지는 고통을 느끼며 그 자리에 주저앉아 두 팔로 머리를 감싸 안으며 비명을 질렀다.

"이 새끼야! 네가 감히 하구촌(河口村) 터줏대감인 불꼬챙이를 건드려? 또 때려봐라, 이 자식아!"

'불꼬챙이' 라는 괴이한 별명을 갖고 있는 여자 거지는 이성을 잃은 듯 나무 대야로 단운비의 머리며 상체를 미친 듯이 후려갈겼다.

나무 대야는 두 번째 단운비의 머리에 작렬했을 때 이미 산산조각이 난 상태여서 여자 거지는 부서진 조각으로 때리고 있었다.

다음 순간 그녀는 깨진 조각을 집어던지더니 단운비에게 달라붙어 귀를 물어뜯으면서 동시에 머리카락을 잡아 뽑았다. 악귀가 따로 없었다.

"으아악!"

단운비는 목젖이 찢어질 정도로 처절하게 비명을 지르며 몸부림쳤다.

나무 대야에 맞아 머리가 터져 피가 뿜어지고 있는데다가 귀를 물어뜯기며 머리카락이 뽑히자 정신이 아득해졌다.

"이, 이년! 저리 가!"

퍽!

"악!"

단운비는 제대로 겨냥도 하지 않고 냅다 주먹을 내질렀는데, 운 좋게도 불꼬챙이의 콧등을 적중시켰다.

불꼬챙이는 쌍코피를 뿜으면서 뒤로 튕겨져 날아가 땅바닥에 여러 번 뒹굴더니 두 손으로 얼굴을 감싸 쥐고는 끙끙거리면서 쉽게 일어나지 못했다.

"으으… 미친년이……."

단운비는 깨지고 찢어져서 피가 흐르는 머리와 왼쪽 귀를 감싸 쥐고는 죽일 듯이 불꼬챙이를 쏘아보았다.

귀뿐 아니라 터진 옆머리와 잡아뜯긴 머리카락 때문에 머리 전체가 욱신거렸다.

"이… 자식이……."

그때 불꼬챙이가 피투성이 얼굴로 두 눈에서 지독한 독기를 뿜으며 꿈틀거리면서 일어나는 것을 보고 단운비는 가슴이 철렁 내려앉았다.

불꼬챙이가 다시 악착스럽게 덤벼들면 어떻게 대처해야 할는지 그로서는 난감하기 짝이 없다.

그는 태어나서 이날까지 남을 때려보기는커녕 누군가와 싸워보거나 시비에 휘말려 본 일조차 한 번도 없었다.

그것은 이상한 일이 아니다. 신룡문 소문주인 그의 신분으로서는 당연한 일이었다.

곤수유투(困獸猶鬪). 인간이든 짐승이든 궁지에 몰리면 앞뒤 가리지 않고 발버둥치는 것은 매한가지다. 지금 그가 취할 수 있는 방법은 오직 하나뿐.

'어, 어서 여길 벗어나자!'

취봉각 아소의 방에서 자고 있어야 할 자신이 어쩌다가 이 지경에 처하게 됐는지에 대해서는 나중에 생각하기로 하고, 한시바삐 이 어이없고 위급한 상황에서 벗어나야겠다고 판단했다.

"뭐야, 저 새끼?"

"어라? 저 자식이 불꼬챙이를 때렸잖아?"

그런데 뒤틀린 운명은 끝까지 그를 외면했다.

그때 움막촌에서 서성이던 거지들 중 건장한 남자 거지 두 명이 이쪽을 쳐다보다가 불꼬챙이와 단운비를 발견하고는 놀라며 소리쳤다.

"야! 모두 나와라!"

"불꼬챙이가 맞아 죽는다! 저 새끼 잡아라!"

단운비는 어이가 없다 못해서 혼이 달아날 지경이다.

"죽을 뻔한 건 난데 누가 누굴 죽인다고……."

그러나 그의 중얼거림은 더 이상 이어지지 못했다. 여기저기 움막에서 쏟아져 나온 십여 명의 남자 거지들이 단운비를 향해 득달같이 몰려오고 있었기 때문이다.

"으헛!"

혼비백산한 단운비는 목적도 방향도 없이 일단 몰려오는 거지들의 반대방향으로 내달리기 시작했다.

퍽!

"으왓!"

그러나 채 세 걸음도 떼어놓기 전에 머리를 철벽같은 것에 된통 부딪치고는 튕겨졌다가 땅바닥에 나뒹굴었다.

그는 머리가 목 속으로 쑤셔 박히고 목뼈가 모조리 부서져서 숨이 막히는 듯한 고통을 느꼈다.

"끄으으……."

그는 꺽꺽거리면서 누운 채 눈알만 굴려 방금 자신이 부딪친 철벽을 쳐다보았다.

그러나 그것은 철벽이 아니었다. 역시 거지 행색을 하고 있었으나 다른 거지들과는 어딘가 좀 다른 거지였다.

그는 마치 하나의 작은 산 같았다. 칠 척 거구에 보통 사람 두세 명을 뭉쳐 놓은 듯한 거대한 체격이었고, 두툼한 살집에 예리한 칼로 살짝 금을 그어놓은 것 같은 가느다란 눈만 빼고 모든 것이 엄청나게 컸다.

그는 다른 거지들과는 좀 다른 행색을 하고 있었다.

아마도 얻거나 주운 옷이 그의 산만 한 체구에 턱없이 맞지 않아서 그런 것인지, 여러 벌의 옷을 잇대어 만든 자루 같은 볼품없는 옷을 입었는데, 누더기라는 점에서는 여느 거지와 같았다.

"으으……."

단운비가 주저앉은 채 정신을 차리려고 머리를 흔들고 있을 때 하나같이 손에 몽둥이와 무기가 될 만한 것들을 움켜쥐고 달려온 거지 패거리가 순식간에 그를 에워쌌다.

'대체 이게 어떻게 된 건가?'

지금 그가 처한 상황은, 강북에서 최고라고 소문난 그의 머리로도 도무지 이해할 수 없는 괴이한 일이었다.

"넌 어느 패거리 새끼인데 우리 하구촌 여자를 집적거리는 것이냐? 아침 댓바람부터 뒈지고 싶어서 환장한 거냐?"

거지 중에 범강장달이처럼 험상궂게 생기고 눈이 하나뿐인 자가 눈알을 부라리며 단운비를 다그쳤다. 하나뿐인 눈이 뒤룩거리는 모습은 꿈에라도 나올까 섬뜩했다.

그러나 단운비는 외눈 하나 까딱하지 않고 느릿하게 일어나 어깨를 활짝 펴고 당당하게 우뚝 섰다.

"무례한 놈들! 내가 누군 줄 알고 행패냐?"

그는 턱을 안으로 바짝 잡아당기며 은은히 호통을 터뜨렸다. 여태 살아오면서 그는 방금처럼 호통을 칠 일이 거의 없었다.

그러나 만약 그의 호통성이 그가 거처하는 신룡문 비룡각(飛龍閣)에서 터져 나왔다고 치자.

그 순간 비룡각 스물아홉 채 부속 전각이 쥐 죽은 듯이 고요해지고, 거기에 소속된 백오십 명의 호위고수들과 이백 명의 하인이 당장이라도 목이 떨어질 것처럼 숨을 죽이며 온몸을 떨면서 부복한다.

이쯤 되면 이 벌레만도 못한 거지 떼는 즉시 얼굴을 땅에 처박고 똥오줌 못 가리며 목숨만 살려달라고 애걸복걸해야 마땅할 것이다.

최소한 단운비 혼자의 생각은 그러했다.

붕!

"이 미친 새끼가 무슨 개지랄이야?"

순간 애꾸눈거지가 악다구니를 쓰면서 몽둥이를 단운비의 머리를 향해 힘껏 날리는 동작이 단운비의 예상을 산산조각 냈고, 그 직후에는 그의 뒤통수가 산산조각 났다.

쩌걱!

"컥!"

건장한 사내가 죽어라고 휘두른 몽둥이의 위력이라는 것은 실로 대단했다.

그것을 머리에서도 가장 취약한 뒤통수 부위에 제대로 적중당한 단운비는 눈앞이 새카매지면서 그것으로 이미 정신을 잃고 상체를 크게 비틀거렸다.

그 순간 거지들이 일제히 몽둥이를 휘두르며 벌떼처럼 덮쳐들어 미처 쓰러지지도 못하고 있는 단운비의 온몸을 무차별 두들겨 팼다.

퍽! 퍽! 퍽! 퍽!

그가 땅에 쓰러진 후에도 거지 떼의 몽둥이찜질과 발길질은 멈추지 않고 소나기처럼 쏟아졌다.

하지만 이 일의 발단이 됐던 불꼬챙이는 몇 걸음 떨어진 곳에서 물끄러미 바라보고 있었고, 작은 산만 한 체구의 거구도 팔짱을 낀 채 철탑처럼 서서 지켜보기만 했다.

신룡문에서 산천초목을 떨게 만들던 단운비의 호통도 거지 무리에게는 하등 소용이 없었다.

단운비는 조금도 아픔을 느끼지 못했다. 이미 아스라이 정신을 잃어가고 있었기 때문이다.

"그만!"

그때 마치 커다란 종을 힘껏 두드리는 것과 같은 거구의 나직한 외침 소리를 꿈결처럼 아득히 들으면서 단운비는 정신을 잃었다.

第二章

끝없는 추락

풍림화산

거지들에게 몰매를 맞은 단운비는 이틀 만에 잠깐 깨어났다가 다시 혼절하여 반나절 후 한밤중이 되어서야 겨우 정신을 차렸다.

눈을 뜨기도 전에 가장 먼저 느낀 것은 당장이라도 부서져 버릴 것 같은 머리의 극심한 통증이었다.

그러더니 잠시 후에는 어깨며 가슴, 옆구리, 다리, 급기야 온몸이 격렬하게 서로 아프다고 아우성치기 시작했다.

"으으… 홍련(紅蓮)아……."

단운비는 메마른 입술 사이로 아주 미약한 신음 소리를 흘리며 몸종을 불렀다.

그는 이틀 전에 거지들에게 당했던 봉변을 전혀 기억하지 못하고 있었다.

아니, 굳이 기억을 하더라도 그저 술이 과해서 한바탕 악몽을 꾸었으려니 여길 것이다.

그랬기에 그는 당연히 자신이 신룡문 비룡각 자신의 방 침상에 누워 있는 것이라고 생각했다.

홍련은 비룡각의 다른 하녀들과는 달리 단운비의 방에서 함께 기거하며 그의 모든 시중을 수발하는, 말 그대로 입 안의 혀와 같고 그림자 같은 몸종이다.

그렇기 때문에 아무리 깊은 밤이라도, 단운비가 아주 작게 중얼거리기만 해도 즉시 깨어나서 그의 침상 아래에 무릎을 꿇고 명을 받들어야만 한다.

그런데 그런 홍련이 대답이 없다.

단운비는 약간 짜증이 섞인 목소리로 방금보다 좀 더 크게 불렀다.

"으… 홍련아!"

이번에는 대답이 돌아왔다.

그러나 기대했던 홍련의 목소리가 아니라 까맣게 잊고 있던, 어떤 악몽을 되살려 주는 나직하지만 깨진 사기 조각으로 옷감을 찢는 듯한 소리였다.

"잠이나 자지 왜 시끄럽게 떠드는 거야?"

"……!"

순간 단운비는 온몸에 얼음물을 뒤집어쓴 듯한 강한 충격을 받고 호흡을 딱 멈추었다.

그 바람에 정신이 번쩍 들었으며, 머리가 깨질 듯한 고통은 잠시 사라져 버렸다.

그는 그 음성의 주인이 두 번 다시 듣고 싶지 않은 '불꼬챙이'라고 불리는 여자 거지의 것임을 알아차렸다.

단운비의 머릿속에서 아주 잠깐 동안 어떤 단편적인 기억들이 두서없이 마구 뒤섞여서 떠올랐다가 사라지기를 여러 차례 반복했다. 그리고 그 기억들은 하나같이 소름 끼치는 악몽뿐이었다.

지독한 눈부심과 추위, 마치 벼락을 맞은 듯 온몸에 찬물이 끼얹어졌고 뼛속까지 얼어버릴 듯한 격렬한 한기.

여자 거지 불꼬챙이의 아귀 같은 욕설과 폭력, 그리고 야차 같은 거지 떼의 집단적인 몽둥이찜질.

기억은 거기에서 멈췄다.

'아아, 꿈이 아니었단 말인가?

이윽고 단운비는 그것을 확인해야겠다는 생각에 조심스럽게 천천히 눈을 떴다.

그러나 눈을 감고 있을 때와 마찬가지로 눈앞이 칠흑처럼 새카맸다.

그래서 그는 자신이 눈을 떴는지 아직 감고 있는지를 확인하기 위해서 눈을 몇 차례 더 깜빡였다가 다시 크게 떴는데 여전히 칠흑밖에 보이지 않았다.

"아무 소리 하지 말고 엎어져 자라. 너 징징거리는 소리에 흑곰 오빠가 깼다가는 이번에야말로 한주먹에 머리가 박살 나고 말 테니까."

두 번째 들려온 불꼬챙이의 목소리는 단운비의 바로 옆, 그의 얼굴과 같은 높이에서 나직하게 흘러나왔다.

드르렁— 푸우우—

불꼬챙이의 경고 때문이었을까.

그제야 누군가 심하게 코를 고는 소리가 옆쪽 불꼬챙이 너머에서 단운비의 귀로 전해졌다.

코를 고는 장본인은 불꼬챙이가 방금 말한 '흑곰 오빠'라는 자일 것이다.

단운비는 '흑곰'이라는 말에 불현듯 작은 산만 한 체구의 거지를 떠올렸다.

얼핏 본 그의 주먹은 단운비의 머리보다 더 컸다. 그자가 바로 '흑곰'일 것이고, 그 흑곰이 지금 옆에서 심하게 코를 골며 자고 있으며, 그를 깨웠다가는 살아남지 못할 것이라는 불길함이 엄습했다.

단운비는 얼른 눈을 감았다. 눈을 뜨고 있으나 감고 있으나 캄캄하기는 마찬가지였다. 하나 눈이라도 감고 있으면 마음을 진정시키는 데에 조금이라도 도움이 될 것 같았다.

하지만 마음이 진정되기는커녕 점점 더 엉망으로 헝클어

졌고, 불안이 극한으로 치달려서 마침내 금방이라도 가슴이
터질 것만 같더니 급기야 머리까지 산산조각 부서져 버릴 지
경에 이르렀다.

벌떡!

"이건 뭐가 잘못돼도 크게 잘못된 게 분명해!"

그 순간 단운비는 낮게 외치면서 튕기듯이 상체를 일으켜
앉았다.

흑곰 오빠를 깨워서 한주먹에 머리가 박살 나는 것 따윈 눈
곱만큼도 염두에 두지 않은 행동이었다.

"이봐! 여긴 어디냐?"

그는 머리와 온몸이 조각나는 것 같은 고통보다도 당장 미
쳐 버릴 것 같은 의문을 해소하는 것이 더 급했다.

그래서 불꼬챙이가 있을 법한 옆쪽을 보며 쥐어짜 내는 듯
한 목소리로 물었다.

"사흘 전에 하구촌이라고 분명히 말했을 텐데?"

단운비의 바로 옆 바닥에서 불꼬챙이의 나직한 대답이 들
려온 것으로 미루어 그녀는 누워 있는 듯했다. 즉, 단운비 옆
에서 그와 나란히 자고 있었다는 얘기가 된다.

단운비는 그녀의 대답에서 자신이 이 지옥 같은 곳에서 깨
어난 후 몰매를 당하고 다시 사흘이 흘렀다는 사실을 깨닫게
됐다.

그러나 원하는 대답은 그게 아니었다.

"하구촌이라고는 처음 들어보는 지명이다. 그렇다면 하구촌이 개봉 어디쯤에 있는 곳이냐?"

그가 거지 소굴 이름 따위를 들었을 리도, 들었다고 해서 기억하고 있을 리도 만무하다.

"이 미친놈아, 이곳 강남땅 항주(杭州)에서 개봉은 왜 찾는 거야? 개봉이 강북 어디쯤에 처박혀 있는지는 몰라도 아마 이곳에서 족히 수천 리는 될 거다."

'하… 항주!'

단운비는 자신이 필경 잘못 들었을 것이라고 생각했다.

나흘 전 밤에 그는 개봉성 내 번화가의 취봉각에서 술을 마신 후 잠들었는데 하룻밤 지난 다음날 깨어난 곳이 개봉에서 칠팔천여 리나 멀리 떨어진 항주라는 것은 말도 되지 않는 일이다.

그러므로 자신이 잘못 들었거나 불꼬챙이가 잘못 말한 것이 분명했다.

그런 그의 믿음은 확신에 가까웠다. 원래 절망에 빠진 사람의 확신은 간절하면서도 확고한 법이다.

"방금 이곳이 어디라고 말했지?"

불꼬챙이의 목소리에서는 잠이 많이 사라져 있었다.

"귓구멍 씻고 잘 들어라. 한 번만 더 물으면 흑곰 오빠를 깨워서 네놈을 영원히 잠들게 만들어줄 테니까. 여긴 항주 하고도 탁마하(琢磨河)의 하구촌이다. 알아들었으면 그만 대가리 눕히고 자라."

"탁마하……."

잘못 들은 게 아니었다. 항주라는 지명을 잘못 들었다고 해도 '탁마하'까지 잘못 들었을 리는 없다.

그가 더 이상 배울 것이 없다고 십오 세 때 학문을 멈추기 전까지의 박식한 지식으로는, 불꼬챙이가 방금 말한 탁마하는 항주의 대표적인 볼거리인 서호(西湖)로 흘러드는 네 개의 물줄기 중 하나였고, 이곳이 탁마하라면 서호가 멀지 않은 곳에 있을 것이며, 서호 건너편에 항주성이 버티고 있을 것이다.

그의 머릿속이 조금 전보다 더 뿌연 흙탕물이 되어 마구 분탕질을 쳐대기 시작했다.

아소의 방에서 줄기차게 계속 술을 퍼마시다가 곤드레가 되어 자신도 모르게 잠에 빠져들었던 이후의 기억이 터럭만큼도 나지 않았다.

그러나 아무리 술이 취했다고 하지만 그가 제 발로 항주까지 왔다면 그것을 기억하지 못할 리 없었다.

게다가 그의 상식으로는 개봉에서 항주까지 제아무리 빠른 마차로 쉬지 않고 달린다고 해도 족히 이십 일 이상은 걸릴 터이다.

그사이에 그가 내내 잠만 자고 있었을 리가 없다. 깨어났어도 수십 번은 더 깨어났을 것이다.

그러나 그는 깨어났던 기억도, 마차를 탄 기억도 까맣게 없다.

그리고 이곳이 항주가 분명하다면 결론은 하나뿐이었다.

'누군가 날 혼절시키고 납치하여 개봉에서 항주까지 데리고 온 후 거지 소굴에 버렸다!'

천번지복(天飜地覆). 하늘이 무너지고 땅이 뒤집어지는 엄청난 사실이지만 지금으로선 그렇게밖에는 결론이 내려지지 않았다.

순간 그는 자신이 사흘 전 하구촌 풀더미에서 처음 깨어났을 때 느꼈던 숙취 비슷한 느낌을 아련하게 기억해 냈다.

그때 그는 한 번도 겪어보지 않았던 아주 기분 나쁜 느낌, 옆머리가 아프고 속이 메슥거리고 가슴이 답답한 느낌을 받았었다.

'미혼약!'

그는 세상의 경험이 거의 없는 편이지만 그의 머릿속에는 수만 권의 서책에서 골라낸 방대한 양의 지식이 고스란히 저장되어 있었다. 말하자면, 그는 걸어 다니는 하나의 서고(書庫)인 셈이다.

그러므로 그는 한 번도 미혼약에 당한 적이 없었지만 미혼약에 중독됐을 경우의 느낌이나 증상, 해독법에 대해서는 훤하게 알고 있다.

사흘 전 그 기분 나쁜 느낌은 미혼약에 중독되었다가 최초로 깨어났을 때의 증상이 분명했다.

이제 한 가지 사실만 더 확인하면 자신이 납치됐을지도 모른다는 추측이 사실로 증명될 수 있다.

"오늘이 며칠이지?"

단운비는 불꼬챙이가 한 번만 더 물으면 흑곰을 깨워서 자신을 죽이겠다고 협박했던 말을 기억하고 있을 만큼 여유로운 상황이 아니다.

그리고 그는 흑곰의 크게 코를 골던 소리가 조금 전부터 들려오고 있지 않다는 사실마저도 느끼지 못했다.

"참어, 오빠!"

그때 캄캄한 어둠 속에서 불꼬챙이가 급히 일어나는 부스럭거리는 소리와 나직한 외침이 터졌다.

"어차피 우리와 같은 거진데 죽일 필요까진 없잖아. 내가 저놈을 데리고 나갈 테니 오빠는 그냥 자."

불꼬챙이가 어둠을 향해 약간은 사정하듯이 말하는 소리가 들렸지만 단운비는 상관하지 않았다.

그러나 만약 단운비 때문에 곤한 잠에서 깨어난 흑곰을 불꼬챙이가 말리지 않았더라면, 흑곰의 주먹에 의해서 단운비의 머리통은 당연히 박살 났을 것이고, 그의 운명은 거기에서 끝났을 것이다.

"너 때문에 잠이 싹 달아났어. 밖으로 나가자."

끼이—

약간 듣기 거북한 음향과 함께 어둠의 허공 한쪽에서 흐릿한 빛이 스며들었고, 그곳으로 검은 물체가 빠져나가고 있는 것이 보였다가 다시 빛이 차단됐다.

끼이―

단운비는 조각조각 부서지는 듯한 고통을 견디면서 일어섰다가 머리에 무언가 천 같은 것이 닿자 곧 허리를 굽히고 방금 빛이 스며들었던 곳을 더듬었다.

그러자 나무 같은 것이 손에 닿아서 슬쩍 힘을 주어 미니까 하나의 나무문이 밖으로 밀리면서 어스름한 빛이 안으로 스며들었다.

밖으로 나온 그가 방금 자신이 나온 곳을 향해 고개를 돌리니 가슴 높이의 낮고 아주 작은 움막이 보였다.

그 움막 주위로 여러 개의 움막이 다닥다닥 붙어 있었다. 사흘 전에 그가 깨어났을 때 본 그 움막들이다.

움막에서 십여 걸음 앞에는 탁마하라는 냇물이 맑은 소리를 내면서 흐르고 있었다.

그리고 먼저 나간 불꼬챙이가 냇가에 쪼그리고 앉아서 하품을 하고 있는 뒷모습이 보였다.

그녀는 처음 봤을 때보다는 훨씬 작고 왜소해 보였다. 처음에는 왜 그리 크게 보였는지 모를 일이다.

"말해봐. 뭐가 궁금한 거지?"

단운비가 자신의 뒤에 우두커니 서 있는 것을 느꼈는지 불꼬챙이는 입을 크게 벌리면서 다시 하품을 한 후에 눈가에 맺힌 눈물을 닦아내며 불쑥 물었다.

그녀의 음성에는 사흘 전이나 조금 전 움막 안에서 단운비에게 내비쳤던 적의가 담겨 있지 않았다.

그렇다고 호의를 느낄 수도 없었다. 그저 나직하지만 여전히 카랑카랑하고 무료한 음성이었다.

어쩌면 그녀는 흑곰의 잠을 깨워서 그의 주먹에 맞아서 죽는 것까지도 불사하는 단운비의 어리석은 행동 때문에 그에 대해서 어느 정도 호기심을 느꼈든지, 아니면 체념하고 있는 것 같기도 했다.

"지금이 며칠이지?"

단운비는 움막 안에서 했던 질문을 다시 했다.

퐁!

불꼬챙이는 작은 돌 하나를 냇물에 던졌다.

"우리 같은 거지들에겐 날자보다는 절기(節氣)가 중요하기 때문에 그딴 건 정확하게 몰라. 그저 동지(冬至)가 지난 지 오륙 일쯤 됐을 거라고만 알고 있어."

"……!"

단운비가 낙양을 떠나 개봉 취봉각에 갔던 날은 낙양과 개봉 지방에 유례없는 폭설이 퍼부었던 대설(大雪)이 닷새 지난 날이었다.

이십사절기 상으로 대설 보름 후가 동지니까 오늘은 그날로부터 거의 보름이거나 하루쯤 더 지나 있을 것이다.

이곳에서 최초에 깨어난 것이 사흘 전이었다.

그렇다면 단운비는 십이 일 만에 누군가에 의해서 개봉에서 이곳 항주로 옮겨진 것이다.

그것은 가장 빠른 마차로 개봉에서 항주까지 이십 일쯤 걸린다고 알고 있는 그의 상식보다 팔 일이나 더 빨랐다.

말보다 더 빠른 것은 길게 생각해 보지 않아도 당연히 무림고수밖에 없다.

그것도 절정고수여야만 가능하다는 사실을 신룡문의 소문주인 그가 모를 리 없다.

궁금하던 것이 확인되자 놀라기는 했지만 기이하게도 오히려 더 차분한 심정이 되었다.

"누가 날 이곳에 데리고 왔지?"

단운비는 어떤 절정고수가 자신에게 미혼약을 먹여서 십이 일 만에 이곳에 데려다 놓았을 것이라고 거의 단정한 연후에 불꼬챙이에게 다시 물었다.

어쩌면 이것은 가장 중요한 질문이었지만 시큰둥한 음성의 불꼬챙이의 대답은 뜻밖에도 실망스러웠다.

"누가 무슨 이유로 널 여기에 데려다 놓았는지 같은 건 몰라. 관심도 없고. 난 언제나 새벽 동이 트기 직전쯤 잠에서 깨. 사흘 전에도 일어나자마자 냇가에서 세수를 한 후 설거지를 하고 나서 일어서려는데 누가 등 뒤에서 나한테 욕을 하는 거야. 그래서 돌아보니까 둑 아래에 네가 누워 있더군. 그게 널 처음 본 거야."

그녀가 말을 하는 동안 단운비는 그녀 옆에 두 자쯤 거리를 두고 같은 방향으로 나란히 앉았다.

그는 자신을 이곳에 데려다 놓은 누군가와 불꼬챙이, 그리고 흑곰과 거지 패거리가 무슨 연관성이 있지 않을까를 잠시 동안 곰곰이 궁리해 보았지만 그조차도 명확한 답을 얻어낼 수가 없었다.

그 누군가와 불꼬챙이 무리가 한통속이라면 단운비를 속이는 것쯤은 별로 어렵지 않을 것이다.

"넌 누구지?"

불꼬챙이는 졸음이 완전히 달아난 눈으로 냇물 너머 밤하늘의 잔별들을 응시하며 대답을 들어도 그만, 듣지 않아도 그만이라는 듯 별 관심 없는 어조로 물었다.

단운비는 대답하기 전에 불꼬챙이의 옆얼굴을 주시했다.

만약 불꼬챙이가 단운비를 이곳에 데려다 놓은 그 누군가와 한통속이라면, 지금 단운비가 하려는 대답을 듣는 순간 어떤 형태로든 표정이 변해야 할 것이다.

그의 신분을 미리 알고 있지 않다면 말이다.

"내 이름은 단운비. 북문 신룡문의 소문주다."

그러나 단운비의 눈에 또다시 실망하는 기색이 확연하게 떠올랐다.

불꼬챙이의 표정은 조금도 변하지 않았고, 잔별들에게 향해 있는 그녀의 눈동자는 추호의 흔들림도 없었다. 오히려 흐릿한 비웃음이 그녀 얼굴에 일렁거렸다.

"그래? 난 남보 금검보의 소보주인 불꼬챙이야."

불꼬챙이는 표정 하나 변하지 않고 진지하게 말했다.

그것은 그녀가 당금 천하무림의 지배자인 북문남보에 대해서 이름 정도는 알고 있다는 뜻이기도 했고, 단운비의 자기 소개를 개뿔도 믿지 않는다는 것을 의미했다.

네가 북문 신룡문의 소문주라면 나는 남보 금검보의 소보주다, 라는 말보다 단운비의 말을 확실하게 일축시키는 말은 없을 것이다.

과연 단운비는 그녀의 대답 이후에 입을 꾹 다물었다.

잠시 침묵이 흘렀다.

냇물 흘러가는 소리와 어디선가 갈대가 스치는 소리만이 밤바람에 섞여서 고즈넉이 들려왔다.

불꼬챙이는 여전히 밤하늘을 응시했고, 단운비는 옅게 반짝이며 흐르는 냇물을 보면서 깊은 생각에 잠겨 있었다.

"충고하겠는데, 어디 가서든 방금 전 같은 쓸데없는 자기 소개는 하지 않는 게 신상에 이로울 거야. 네가 목숨을 여벌로 몇 개쯤 더 갖고 다니지 않는다면 말이지."

단운비는 표정없이 그녀를 쳐다보았다.

때가 두텁게 낀 얼굴이나 온갖 세파에 찌든 듯한 목소리로는 도무지 나이를 측량하기 어려웠다. 아마도 대충 삼십여 세는 된 듯했다.

"네가 상박촌(上拍村)이나 다른 거지 패에 섞여 있다가 여기까지 흘러온 것이 아니라면, 지금부터 우리 하구촌 패에 머물러도 좋아. 어차피 신고식은 치렀으니까."

"신고식?"

"몰매를 맞고도 죽지 않고 살아 있으면 더 이상 몰매를 놓을 수 없고, 또 자기네 패거리로 들어오겠다면 순순히 받아줘야 하는 거지. 너는 패거리 규칙조차 모르고 있다는 거야, 지금?"

불꼬챙이는 단운비를 철석같이 거지라고 믿고 있는 듯했다. 하나 그것이 그녀의 잘못은 아니다.

단운비는 처음 만났을 때부터 별로 감정이 좋지 않았던 불꼬챙이에게 자신이 절대로 거지가 아니며, 신룡문의 소문주라는 사실을 인식시키기를 이쯤에서 그만 포기해야겠다고 생각했다.

더구나 이들 거지 패에 들어가고 싶은 생각은 눈곱만큼도 없다. 그가 있어야 할 곳은 낙양 신룡문이었으므로.

슥—

"흑곰 오빠에게 맞아 죽을 뻔한 것을 기껏 살려줬는데도 고맙다는 말 한마디 없는 것을 보면 네놈 싸가지도 알 만하다."

불꼬챙이는 벌떡 일어나서 몸을 웅크린 채 움막으로 걸어가며 중얼거렸다.

굳이 핀잔을 주겠다는 의도도, 뭔가 인사를 바라는 것도 아닌 것 같았지만 그 말이 단운비의 또 다른 궁금증을 유발시켰다.

"왜 갑자기 내게 친절한 거지?"

단운비는 그녀를 돌아보지 않고 반짝이는 냇물에 시선을 고정시킨 채 고맙다는 말 대신 오히려 궁금한 것을 물었다.

"나는 원래 난폭한 성격이 아냐. 늘 참을성있게 굴다가도 아주 가끔 누가 날 모욕하거나 도전해 오면 그때 성질을 좀 부리는데, 네 모욕은 정말 참기 어려웠지."

단운비는 침묵을 지켰다.

"아픈 거지만큼 지지리 궁상맞은 것도 없다. 감기라도 걸리면 구걸도 못하고, 그러면 굶게 된다는 것쯤을 알고 있겠지? 대충 궁상떨고 들어와서 자라. 왕초인 흑곰 오빠 움막에서 자게 해준 배려 같은 것은 신경 쓰지 않아도 되고, 하긴 너한테 인사를 바라는 것은 무리겠지?"

끼이—

단운비는 불꼬챙이의 충고와 움막의 문이 열리는 소리를 등 뒤로 들으면서도 꼼짝하지 않았다.

동짓달의 추위는 살 속으로 스민다.

그리고 새벽으로 갈수록 뼛속까지 스며든다. 게다가 물가의 겨울은 더 춥다.

하지만 한순간에 모든 것을 잃고 철저하게 외톨이가 돼버린 단운비의 몸과 마음은 그보다 천만 배는 더 추웠다.

그리고 그는 끝내 움막으로 들어가지 않았다.

第三章

탕아와 건달

풍림화산

탁마하의 거지 마을 하구촌에서 서호를 빙 돌아 항주성까지 이르는 거리는 족히 삼십여 리가 넘었다.

남자 어른이 쉬지 않고 걸으면 두 시진 정도 걸릴 거리지만 단운비는 무려 다섯 시진이 훨씬 넘어서야 간신히 당도할 수 있었다. 동이 트자마자 출발했는데 어느새 늦은 하오가 돼 있었다.

이날까지 가장 멀리 걸어본 거리라고 해봤자 수십 장을 넘어본 적이 없는 그가 장장 삼십여 리를 걷는다는 것은 그야말로 목숨을 건 고행이었다.

불꼬챙이의 말이 거짓이 아니었다는 것을 그는 거대하고

도 웅장한 항주 성문 앞에 당도해서야 확인할 수 있었다.

그가 있는 곳은 정말 항주였다.

항주 성내에 들어선 그는 서 있을 기력조차 없어서 그대로 성벽에 기대어 주저앉았다가 길게 늘어져 버렸다.

그때 기다리고 있었다는 듯이 한 떼의 거지들이 우르르 몰려와 그를 에워쌌다.

그러더니 자기네 구역에서 당장 꺼지지 않으면 팔다리를 부러뜨리겠다고 으름장을 놓는 바람에 그는 아픈 다리를 질질 끌면서 서둘러 그곳을 떠나야만 했다.

이후 그는 마땅히 쉴 곳을 찾아 이곳저곳을 헤매고 다녔는데, 가는 곳마다 그곳의 거지 패거리들에게 쫓겨나거나 몇 대 얻어터지고는 부리나케 도망쳐야만 하는 신세가 되었다.

그래서 그는 하는 수 없이 쉬는 것을 포기한 채 성내를 헤매고 다닐 수밖에 없었다.

사흘 전에 깨어났을 때부터 그의 발에 신겨져 있던 낡은 초혜는 평생 비단에 감싸인 채 최고급의 송아지 가죽으로 만든 가죽신만을 신어온 보드라운 그의 발을 이미 만신창이로 만들어놓았다.

그 초혜마저도 걸어오는 도중에 구멍이 나고 끈이 떨어져 나가서 항주성에 도착했을 때쯤에는 피투성이 맨발이 되어 있었다.

그가 힘들게 항주성으로 온 것에는 두 가지 목적이 있다.

하나는 이곳이 정말 항주인지 자신의 두 눈으로 똑똑히 확인하는 것이다.

그리고 또 하나는 항주에서 가장 큰 무림의 명문대파를 찾아가는 일이다.

그곳에 찾아가서 자신의 신분을 밝히기만 하면 모든 게 만사형통이라고 낙관한 것이다.

항주가 비록 강남이라서 남보의 영역이긴 하지만, 북문과 남보는 경쟁적 관계이면서도 묘한 불가분의 협력 관계를 유지하고 있으므로 신룡문의 소문주인 자신을 결코 무시하지는 못할 터이다.

아니, 자신이 왕림한 것을 알면 방파의 우두머리가 맨발로 달려나와서 영접할 것이 분명했다.

그 후에는 그야말로 막힘없이 일사천리.

이왕 항주에 왔으니 천하에 소문난 소항(蘇杭:소주와 항주)의 기녀들 속에 푹 파묻혀서 한 달이든 두 달이든 질펀하게 즐기고 나서 봄이 되면 느긋하게 낙양으로 돌아가면 될 것이다.

그렇게 노는 중에 아주 잠깐 시간이 생기면 하구촌 거지 소굴에 친히 왕림해서 단운비 자신에게 찬물을 끼얹고 생전 처음 매질의 아픔을 경험하게 했던 하구촌 거지 패거리에게 마땅한 징계를 내리는 것도 괜찮으리라.

그러나 불꼬챙이가 마지막에 보여준 약간의 친절(?) 때문

에 그녀를 용서할 것인가, 아니면 상을 내릴 것인지에 대해서
는 조금 더 생각해야 할 여지가 있다.

퍽!

"저리 꺼져, 이 자식아!"

"헉!"

그러나 상상과 현실의 간격은 너무나 멀었다.

단운비가 자신에게 곧 벌어질 그런 상상을 하면서 따사로
운 햇살을 쬐고 있을 때, 누군가의 발이 그의 엉덩이를 거세
게 걷어찼고, 그는 대로로 밀려나가 얼굴을 바닥에 묻으며 엎
어지고 말았다.

"야, 이놈아! 그렇지 않아도 장사가 안 돼서 성질나 죽겠는
데 재수없게 거지새끼가 가게 앞에서 얼쩡거려?"

포목점 앞에 우뚝 버티고 선 주인인 듯한 중년인이 널브러
져 있는 단운비를 죽일 듯이 쏘아보며 눈을 부라렸다.

단운비가 따스한 햇볕을 쬐느라 포목점 앞에 잠시 멈춰 있
던 것이 화근이었다.

가게 앞에 서 있는 사람이 거지가 아니라 보통 사람이거나
부자였다면 포목점 주인은 결코 무작정 발길질부터 해대지
않았을 것이다.

단운비는 차고 단단한 겨울 맨땅에 엎어지면서 갈아붙인
뺨과 코, 턱에서 피를 흘리며 얼굴을 돌려 포목점 주인을 쏘
아보았다.

그의 이글거리는 눈빛은 '오냐, 네놈에게도 곧 마땅한 징계를 내려주마' 라고 말하고 있었다. 또한 그는 곧 그렇게 될 것이라는 사실을 믿어 의심하지 않았다.

턱!

"어맛?"

그때 거리를 구경하면서 걷던 화사한 옷차림의 젊은 여자 하나가 쓰러져 있는 단운비를 미처 발견하지 못하고 발이 그의 몸에 걸려 그대로 그의 몸 위로 쓰러졌다.

여자는 이십여 세 정도의 나이에 온몸을 비단으로 두르고 갖은 멋을 다 부린 요염하면서도 왠지 천박한 모습이었다.

그녀는 자기가 거지 중에서도 상거지 몸 위에 쓰러졌다는 사실을 깨닫고는 마치 죽기라도 하는 것처럼 날카로운 비명을 질러댔다.

"꺄아악!!"

그러자 여자와 일행인 듯한 두 명의 험상궂고 당당한 체구의 사내 두 명이 즉시 단운비에게 다가들었다.

그중 한 명이 눈을 가늘게 뜨고서 단운비를 굽어보는데, 입가에는 조롱의 기색이 역력했다.

"뭐야, 이 새끼?"

다른 한 명의 사내는 그때까지도 단운비 등 위에 엎어져서 징징거리고 있는 여자를 제딴에는 최대한 정중한 태도로 부축해서 일으켰다.

휙!

"거지새끼가 왜 길 한복판에 엎어져 있는 거야?"

단운비를 굽어보던 사내가 다짜고짜 단운비의 옆구리를 향해 발길질을 날렸다.

말보다 폭력을 먼저 사용하는 그자의 신분이 무엇인지는 그 행동에서 여실히 드러났다.

무림인은 이처럼 경솔하지 않다. 그리고 일반 사람들은 기분이 나쁘다고 인상을 쓸자언정 대뜸 발길질부터 날리지는 않는다.

이들은 필경 질 나쁜 건달이 분명했다.

퍽!

오랜 싸움에서 숙련된 듯한 사내의 발끝이 단운비의 옆구리 갈빗대가 끝나는 아래쪽 부위에 정확하게 꽂혔다.

"……."

그 순간 단운비는 너무 고통스러워서 그것이 고통인지 아닌지도 모를 정도가 되었다.

일단 숨이 콱 막혔고 정신이 아득해졌다. 찢어질 듯이 크게 벌어진 입에서는 한마디의 신음성도 흘러나오지 않았으며, 대신 목구멍 깊숙한 안쪽에서 짙은 피비린내가 왈칵 치밀어 올랐다.

지금의 이 고통은 거지 패거리에게 몰매를 맞던 것과는 비교도 되지 않을 정도로 고통스러웠고 충격적이었다.

이 건달은 때리는 방법을, 급소를 정확하게 알고 있었다.

그 순간 단운비는 태어나서 처음으로 '죽음'이라는 것을 순간적으로 떠올렸다.

어쩌면 자신이 죽을지도 모른다는, 아니, 백주 대로상에서 이처럼 허무하게 죽는구나 하는 생각이 아련하게 들었다.

건달은 날카로운 눈빛으로 단운비를 지켜보았다.

자신의 일격에 이 더러운 거지 놈이 즉사할 것인가, 그게 아니면 어느 정도의 고통을 받고 있는가를 느긋하게 관찰하는 것 같았다.

누구에겐 삶과 죽음을 넘나드는 처절한 고통인 것이, 또 다른 누구에게는 단지 잠시의 흥밋거리일 뿐이라는 것이 냉혹한 현실이었다.

"하아아! 헉! 헉! 헉!"

자신이 죽을 것이라는 단운비의 판단은 빗나갔다. 그의 머릿속에 담겨져 있는 방대한 지식이라는 것은 어떤 상황에서는 유용할 테지만 이런 상황에서는 한 푼어치의 도움도 되지 못했다.

그의 머리는 지금처럼 위급한 상황에서는 어떻게 대처하라고 한마디도 일러주지 못하고 있기 때문이다. 지금 이 순간 그의 지식은 조용히 침묵하거나 죽어 있었다.

삼라만상(森羅萬象)을 머릿속에 담고 있는 천하제일의 현자(賢者)도 다섯 치 짧은 칼에 찔려서 죽을 수 있다는 사실을 단운비의 지식은 알아버린 것 같았다.

그는 옆구리에 발길질 일격이 꽂히는 순간 오장육부가 모조리 터지는 듯한 고통과 함께 숨을 쉴 수가 없었지만, 잠시가 지나자 고통이 사라지면서 몸속에 있는 숨을 모조리 한꺼번에 토해내며 엎어져서 거칠게 헐떡였다.

"허어억! 헉헉헉!"

"이 새끼! 필살일각(必殺一脚)인 내 일격을 맞고도 목숨이 붙어 있다니 명줄이 질기구나!"

흥미롭기도 하고 약간 자존심이 상한 것 같기도 한 야릇한 표정을 짓고 있는 건달이 꿈틀거리는 단운비를 굽어보면서 혀로 입술을 핥았다.

그는 무림인들이 들으면 하도 같잖아서 비웃는 것조차도 귀찮을 것 같은 '필살일각' 이라는 제법 그럴싸한 이름을 자신의 발길질에 붙였다.

이 건달은 밋밋한 오이처럼 길쭉한 얼굴에 키도 컸으며 비쩍 마른 체구에 팔다리가 길었는데, 건들건들하는 모습이 마치 한 마리 사마귀[螳螂]를 보는 것 같았다.

가늘게 찢어진 눈 안에서 약간 회색빛을 띤 눈동자가 이리저리 구르는 모습마저도 사마귀와 흡사했다.

여자를 부축했던 건달이 사마귀건달의 뒤에 서 있고, 그 뒤에 조금 전에 쓰러졌던 여자가 또 다른 사내의 품 안에 안기듯 기대어 있었으며, 주위에는 재미있는 구경거리라도 생겼다는 듯 행인들이 하나둘씩 발걸음을 멈추더니 빙 둘러서서 지켜보고 있었다.

산천초목을 떨게 하던 신룡문의 소문주가 이곳에서는 한낱 벌레 같은 존재에 다름이 없었다.

사마귀건달이 엄지손가락을 세워 자신의 어깨 너머로 여자를 가리키며 선심이라도 쓰듯 단운비에게 말했다.

"지금 당장 네놈의 혀로 이분 소저의 발바닥을 깨끗이 핥고 썩 꺼져라!"

그의 태도는 자신의 일격을 맞고도 살아남은 것에 대한 너그러운 자비심을 베푸는 듯했다.

목숨보다 더 귀한 것은 없다. 최소한 확고한 이상이나 깨우침 같은 것이 없는 대부분의 사람들에겐 그럴 것이다.

그랬기에 사마귀건달을 비롯하여 이곳에 있는 모든 사람들은 곧 벌레보다 못한 거지가 혀로 여자의 발을 싹싹 핥는 재미있는 구경을 할 수 있을 것이라고 기대했다.

그러나 단운비는 확고한 이상이나 뭔가 죽음보다 더 심오한 것을 깨우친 적이 없으면서도 때에 따라서는 목숨 정도는 쉽사리 내던질 준비가 되어 있는 사람이었다.

그가 목숨보다 더 중요하게 여기는 것은 명예나 정의 같은 거창한 것이 아니라 그저 알량한 자존심이었다.

그는 자존심이 무너지는 것보다는 선뜻 죽음을 택할 흔치 않은 사람 중 한 명이다.

그래서 그는 이곳에 모인 모든 사람들의 기대를 무너뜨릴 수밖에 없었다.

단운비는 몇 번이나 일어서려고 시도했지만 옆구리가 쪼개지는 것처럼 고통스러워서 뜻을 이루지 못했다.

그 대신 그는 땅에 책상다리를 틀고 주저앉아서 사마귀건달을 올려다보며 얼굴을 잔뜩 일그러뜨린 채 쥐어짜 내듯이 대꾸했다.

"으으… 그것… 보다는 네놈이 내 분문(糞門)을 핥는 쪽이 훨… 씬 쉬울 것이다."

구경꾼들 중에 몇몇 사람이 '분문' 이라는 말뜻을 알고 있는 듯 적잖이 놀라서 안색이 변했다. 또한 그들은 거지 중에 상거지 꼴인 단운비가 그런 말을 사용할 줄은 몰랐다는 듯한 표정을 짓기도 했다.

그러나 정작 당사자인 사마귀건달은 자신의 이름조차도 쓰지 못하는 일자무식이라서 '분문' 이 무슨 뜻인지 알지 못했다. 그는 동료를 뒤돌아보며 의아한 표정으로 물었다.

"야, 닭대가리! 분문이 뭐냐?"

사마귀건달 뒤에 서 있던 정말 닭대가리처럼 생긴 건달도 무식하기는 매한가지여서 고개를 절레절레 흔들며 어리둥절한 표정을 지었다.

용감하고 폭력적인 자들은 거개가 무식하다는데 바로 이들이 그랬다.

“나도 몰라. 먹는 건가?”

그러자 기다렸다는 듯이 구경꾼들 사이에서 킥킥거리는 웃음소리가 새어나왔다.

건달들이 무서워서 드러내 놓고 웃지는 못하지만 터져 나오는 웃음을 참을 수 없는 듯했다.

“깔깔깔! 똥구멍을 분문이라고 해요! 저 거지가 사마귀 당신더러 자기 똥구멍을 핥으라는 거잖아요! 호호홋!”

두어 걸음 뒤편에 서 있는 사내에게 기대 있던 여자가 팔을 뻗어 단운비를 가리키며 요란하게 웃음을 터뜨렸다.

“와핫핫핫핫!”

“호호호홋!”

그러자 기다렸다는 듯이 구경꾼들도 일제히 ‘와아!’ 하고 웃음을 터뜨렸다.

무식한 사람을 비웃는 것은 폭력을 휘두르는 것과는 또 다른 묘미가 있는 것 같았다.

무식을 비웃는 것은 무식한 자들끼리만 가능한 일이다. 정말 유식한 사람은 결코 무식을 비웃지 않기 때문이다.

조금 무식한 자들이 많이 무식한 자를 비웃는 것은, 겨 묻은 개가 똥 묻은 개를 흉보는 것과 다를 바 없는 일이다.

조금 무식한 행인들이 왁자하게 웃으면서 많이 무식한 사마귀건달을 비웃자 생긴 것처럼 별명도 사마귀라고 불리는 건달은 수치심과 분노 때문에 얼굴이 홍당무처럼 시뻘겋게 달아올라서 단운비를 노려보는 두 눈에선 무서운 흉광이 뿜어졌다.

"이 개자식!"

쉬익!

이성을 잃은 사마귀가 앉아 있는 단운비의 턱 밑을 겨냥하고 번개같이 오른발을 날렸다.

그는 무림인이 아니라서 혈도나 무공 초식에 대해서는 전혀 아는 바가 없었다.

그러나 오랜 건달 생활에서의 싸움 경험을 통해 인간이 어딜 가격당하면 맥을 못 추고 일격에 숨이 끊어지거나 반병신이 된다는 사실쯤은 잘 알고 있었다.

지금 그가 날리고 있는 발끝이 단운비의 턱 밑 숨골에 적중된다면 그는 십중팔구 절명하고 말 것이 분명했다.

그러나 단운비는 외눈 하나 깜짝하지 않았다. 그렇다고 피하거나 방어할 재간이 있는 것도 아니었다.

그에겐 반드시 지켜야 할 자존심만큼의 두둑한 배짱이 있었다. 그야말로 목숨이 경각에 처한 상황에서조차 아무짝에도 쓸모없는 자존심이요 배짱이었다.

"그만둬라."

순간 자신의 어깨에 기댄 여자의 가느다란 허리를 안고 있던 사내가 한마디 툭 내뱉었다.

그러자 사마귀의 오른발 끝이 단운비의 턱 아래 반 뼘쯤 이르는 곳에서 거짓말처럼 뚝 멈췄다.

무림인이라면 방금 사마귀처럼 공격을 즉시 멈추는 동작이 어려운 일이 아니지만, 일개 건달에겐 어렵다면 매우 어려운 일이다.

그런데도 사마귀는 마치 처음부터 턱 밑 반 뼘 거리에서 발끝을 멈추려고 작정했던 것처럼 간단하게 발을 멈추고는 즉시 서너 걸음 뒤로 물러나서 방금 말한 사내 옆에 공손히 시립하듯이 섰다.

사마귀를 만류한 사내는 여자의 허리를 놓고 느릿한 걸음으로 단운비에게 다가섰다.

그는 이십이삼 세가량의 나이에 가무잡잡한 피부, 툭 불거진 양쪽 광대뼈, 약간 돌출된 뾰족한 턱을 지녔고, 두 눈이 움푹 꺼진 채 눈초리가 매섭게 치켜 올라간 꽤나 강파른 인상이었다.

또한 육 척이 약간 안 될 듯한 제법 큰 키에 단단한 체격을 지녔으며, 두 팔이 유난히 길어서 마치 한 마리 성성(猩猩)이 같았다.

'뭐지? 이 녀석의 눈빛은 다른 자들에게서는 한 번도 본 적이 없는 눈빛이로군!'

사내는 단운비의 두 걸음 앞에 멈춰서 그의 얼굴을 굽어보다가 내심 뜻밖이라는 듯 중얼거렸다.

이어서 사내는 한동안 단운비의 눈을 빤히 들여다보았다.

단운비도 사내의 눈을 마주 쏘아보았다. 마치 두 사람이 눈 싸움이라도 하는 듯한 광경이다.

'사마귀에게 얻어터지면서도 반격을 못한다는 것은 싸움을 할 줄 모른다는 뜻인데, 이놈의 눈빛은 언젠가 한 번 본 적이 있는 무림고수의 눈빛과 많이 닮지 않았는가?

사내는 거대한 항주를 십 분(十分)하여 지배하고 있는 건달 조직의 두령(頭領)이었다.

그것은 그가 곧 인구 오십만 명 항주성 저잣거리의 십분의 일을 장악하고 있다는 뜻이기도 했다.

그의 경험으로는, 항주 인근의 크고 작은 열일곱 개 무림방파의 무림고수들이나, 같은 건달 조직의 두령들을 제외하곤 그의 시선을 단운비처럼 아무렇지도 않게 마주 쏘아보는 자가 없었다.

사내는 단운비의 눈에서 시선을 거두고 그의 얼굴과 온몸을 충분한 시간을 두고 천천히 관찰했다.

입고 있는 옷은 영락없는 상거지 꼴인데 얼굴이나 옷 밖으로 드러난 두 손은 눈처럼 희고 고울 뿐 아니라 그 나이 또래의 다른 소년들에겐 흔히 있을 법한 흉터가 단 한 군데도 없었다. 더욱 자세히 살펴봐도 터럭만 한 흠집조차 찾아낼 수 없었다.

이윽고 사내가 불쑥 말했다.

"나는 살모사다. 너는?"

단운비는 대답 대신 끙 하고 묵직한 신음 소리를 내며 힘겹게 몸을 일으켜 섰다.

급소에 가한 일격은 사람을 죽이거나 병신으로 만들기는 하지만 충격을 오래 지속시키지는 않는다.

오히려 급소가 아닌 부위에 가해진 무지한 매질이 통증을 오래 남기게 마련이다. 그만큼 급소라는 것은 깔끔하고 치명적인 것이다.

단운비는 일어선 후 자신을 살모사라고 소개한 사내에게 슬쩍 일별을 던지면서 한마디 중얼거림을 남기고는 더 이상 볼일이 없다는 듯 몸을 돌렸다.

"네 이름 따위는 알고 싶지 않다."

"저 새끼가!"

"대형(大兄)! 소제들이 당장 저 새끼 모가지를 비틀어 버리겠습니다!"

사마귀와 닭대가리가 사내보다도 더 길길이 날뛰면서 단운비에게 덮쳐 가려는 것을 살모사가 가볍게 팔을 뻗어 제지했다. 그런데도 단운비는 제 갈 길만 비틀거리며 걸어가고 있었다.

모욕은 누구든 참기 어려운 법이다. 모욕은 무식하고는 많이 달라서 남녀노소, 지위 고하를 막론하고 느끼게 되어 있고, 또한 크건 작건 상처를 받게 마련이다.

또한 날카로운 무기에 찔리거나 베인 것보다 더 큰 상처를 남기게 된다.

그리고 그 상처가 아무는 데에도 꽤 오랜 시간이 걸리거나 죽을 때까지도 아물지 않을 수도 있다.

모욕이 무식함하고 다른 또 하나의 이유는, 지위가 높을수록 견디지 못하고 상처를 깊게 받는다는 것이다.

그런 점에서 살모사라는 사내는 뭔가 남달랐다.

그는 한순간의 모욕을 견디고 나면 그보다 훨씬 더 큰 대가를 얻게 된다는 몹시 체득하기 어렵고 실천하기는 더 어려운 사실을 알고 있는 것 같았다.

'저놈은 뭔가 특별하군.'

결국 이 어린 두령은 입가에 흐릿한 미소를 머금으며 그렇게 결론을 내렸다.

그가 사마귀나 닭대가리보다 어린 나이임에도 불구하고 오십여 명이나 되는 건달 수하들을 거느리고 항주의 한 구역을 장악하고 있을 정도라면 아무래도 사람이나 사물을 보는 안목이 남달라야 할 것이다.

누군가를 죽이는 것은 간단하지만 유능한 수하를 얻는 것은 하늘에서 별을 따는 것만큼 어렵다는, 건달 조직의 두령치고는 어울리지 않는 좌우명 같은 것을 갖고 있는 그였다.

"이봐, 필요하면 용정로(龍井路)에서 나를 찾아라. 너처럼 근성있는 놈이라면 언제든 환영하마."

살모사는 삼 장쯤 멀어지고 있는 단운비의 뒷모습을 보며 대수롭지 않은 듯 툭 내던졌다.

하나 그의 내심은 단운비가 자신을 찾아와 주었으면 하고 은근히 바랐으며, 또 그렇게 될 것 같다는 예감이 들었다.

그의 예감은 또한 단운비가 자신의 유능한 수하가 될 것이라고 암시하고 있었다.

"대형께서 이러시는 게 제가 저 거지새끼를 한 방에 죽이지 못했기 때문에 절 나무라시는 거라면 벌을 달게 받겠습니다."

무식한 사마귀는 죽을 때까지도 살모사를 이해하지 못할 것이고, 그래서 하찮은 저잣거리의 건달 두령 노릇조차도 해보지 못할 것이다.

그는 살모사 앞에 무릎을 꿇고 머리를 조아리며 용서를 빌었다. 그것이 그 나름대로의 판단이며 용기였다.

살모사는 멀어지는 단운비의 모습을 눈으로 좇으며 엷은 미소를 피워 물었다.

"일어나라. 길 가는 사람을 넘어뜨렸다는 이유만으로 사람을 죽여야 한다면 여기 항주에 살아남을 사람이 몇 명이나 되겠느냐? 우리 흑사파(黑蛇派)는 그리 옹졸하지 않다는 점을 명심해라."

사마귀와 닭대가리, 천박한 여자와 구경꾼들은 살모사의 전혀 예기치 못한 반응에 적잖이 놀라는 표정으로 그를 쳐다보았다.

살모사는 여러 면에서 두령다운 면모를 보여주고 있었다. 그는 오히려 사마귀의 어깨를 가볍게 툭툭 치며 타이르듯이 말을 이었다.

"그리고 또 한 가지를 더 명심해라, 사마귀. 우리 상대는 우리와 같은 건달이거나 더 나아가서는 무림고수들이지 저따위 거지가 아니다."

그는 건방지게도 자신들의 상대로 무림고수를 들먹였다. 건달 세계와 무림계는 현격하고도 엄정한 차이가 있는데도 말이다.

미물인 개나 고양이가 아무리 신통방통한 재주를 지니고 있다고 해도 미물일 뿐이지 결코 사람이 될 수 없듯이, 제아무리 뛰어난 건달이라고 해도 그저 건달일 뿐 무림고수가 될 수는 없는 노릇이다. 무림인들에겐 건달들이 개나 고양이 같은 미물일 뿐이었다.

건달 세계에서 가장 뛰어난 건달과 무림계에서 가장 형편없는 하급의 삼류고수 사이에조차도 도저히 건널 수 없는 강 같은 것이 존재하고 있는 법이다.

그리고 그런 사실은 건달이든 무림인이든 모두 침묵으로 인정하고 있는 불문율 같은 것이었다.

하지만 지금 이 자리에 모여 있는 구경꾼들은 그런 것을 전혀 문제 삼지 않았다. 다만 살모사의 멋진 말과 행동에 소리 없는 갈채를 보낼 뿐이다.

"꺄악! 당신 너무 멋있어요!"

여자가 두 눈 가득 존경스러운 빛을 담고 살모사를 바라보다가 비명 같은 환호성을 지르며 그의 목에 매달렸다.

사마귀와 닭대가리는 비록 살모사의 목에 매달리지는 않았지만 표정만으로도 대형의 넓은 도량과 큰 야심에 무한한 존경심을 보내고 있었다.

살모사가 어린 나이임에도 건달 조직의 두령이 된 데에는 사람을 볼 줄 아는 예리한 안목뿐 아니라 두령에 걸맞은 적당한 자비심과 야망, 직관력(直觀力) 따위를 갖추었기 때문이다.

그리고 그는 그것들이 가져다주는 뿌리치기 힘든 대가를 즐기는 법을 예전부터 체득하고 있었다.

第四章

두려움은 없고 자존심은 강하다

풍림화산

항주는 강남, 즉 장강(長江) 이남이라서 한겨울에도 얼음이
얼지 않거나 눈이 오지 않는 날이 대부분이지만 그렇다고 홑
옷을 입고 돌아다녀도 견딜 수 있을 만큼 포근한 날씨는 아니
다.

단운비의 두 번째 목적, 즉 항주제일방파를 찾아가서 자신
의 신분을 밝히기 위해서는 당연히 제일 먼저 항주에서 제일
큰 방파의 이름과 위치를 알아내야만 했다.

그러나 그는 그 간단한 것을 알아내기 위해서 꼬박 사흘 동
안 항주 성내를 추위와 허기에 떨면서 헤매고 다녀야 했지만,
그럼에도 불구하고 사흘이 지난 지금 이 시간까지도 뜻을 이

루지 못하고 있었다.

그러나 자정이 다 되어가는 늦은 밤인 지금의 그에게는 더 이상 항주제일방파를 찾는 게 문제가 아니다. 그보다 더 급한 것이 지독한 허기였고 참기 힘든 추위였다.

뱃속이 비어 있으면 더 춥게 마련이다. 단운비는 거지 소굴인 탁마하의 하구촌에서 보낸 사흘 동안에도 아무것도 먹지 않았으니 꼬박 엿새 반나절을 굶은 셈이었다.

개봉 취봉각에서 미혼약에 중독되어 누군가에 의해서 항주까지 끌려오는 십이삼 일 동안 그는 과연 무엇을 먹었을까. 하나 무언가를 먹은 기억이 나지 않았다.

무언가를 먹지 않았다면 그가 깨어났을 때 굶어 죽었거나 거의 아사(餓死) 직전에 놓여 있어야 했는데도 현실은 그렇지 않았다.

'날 납치한 자가 내게 벽곡단(僻穀丹)을 먹였었군.'

단운비는 인적이 완전히 끊어진 대로변 어느 처마 아래에서 굴뚝을 두 팔로 바짝 끌어안은 채 온기를 두 팔과 가슴으로 느끼면서 속으로 중얼거렸다. 지금으로선 그렇게 추측할 수밖에 없었다.

그는 걸음마를 겨우 시작했을 때부터 글을 배웠고, 글을 깨우치자마자 책을 읽기 시작했다.

그가 세 살이 되기도 전에 학문에 비상한 재주를 보였기 때문에 부친과 측근들은 크게 기뻐하여 천하에서도 이름난 유명한 대학자들을 초빙하여 그의 스승으로 삼았다.

처음에 어린 단운비는 여러 스승으로부터 체계적인 학문을 사사했다. 그러나 그것은 십 세를 넘지 못했다.

믿을 수 없게도 그 유명하고 박식한 스승들이 단운비가 겨우 십 세 되던 해에 더 이상 그에게 가르칠 것이 없다면서 모두 떠나 버렸기 때문이다.

기실 어린 단운비는 타의 추종을 불허할 정도의 뛰어난 천재였던 것이다.

그 사실을 알고 그의 부친과 측근들이 크게 기뻐한 것은 당연한 일이다.

부친은 포기하지 않고 천하를 뒤져서 다시 여러 명의 각계 전문가들을 초빙했으나 그들조차도 짧으면 보름, 길어야 두어 달을 넘기지 못한하고 신룡문을 떠나야만 했다.

그들이 신룡문을 떠날 때에는 자신들이 지니고 있던 지식을 열 살짜리 단운비에게 모조리 빼앗긴 상태였다.

그 후로도 부친과 측근들은 계속해서 단운비의 스승들을 꾸준히 초빙했는데, 십이 세가 되던 해 어느 봄날 단운비는 더 이상의 스승을 거부했다.

세 살 때 글을 깨우치기 시작한 이후 십이 세까지 구 년 동안의 공부로써 그는 학문의 대가(大家)라는 호칭을 부여받아 마땅할 경지에 이르게 된 것이다.

그렇다고 그가 학문을 멈춘 것은 아니었다. 오히려 그때부터 자신만의 학문을 추구하기 시작했다.

그는 닥치는 대로 어떤 책이든 구해서 읽어댔다. 천문지리(天文地理)와 의학(醫學), 기관지학(機關之學), 병법(兵法)은 물론이고 심지어 방문좌도(傍門左道)의 잡학이라고 해도 개의치 않았다.

그리고 그의 나이가 십오 세에 이르렀을 때에는 오만하게도 천하에 더 이상 읽을 책이 없다고 선언한 후 마침내 책을 덮어버렸다.

유일한 낙이었으며 취미였던 학문을 그만둔 그는 할 일이 없었다.

그래서 그는 그때부터 새로운 흥밋거리를 찾아 헤매다가 쉽사리 주색에 빠져들게 됐던 것이다.

그런 그가 미혼약이나 벽곡단 정도를 모를 리가 없다. 그것을 만드는 방법까지도 이론적으로나마 훤히 알고 있는 그가 아닌가.

'그렇다면 그자는 날 죽일 의도는 아니었나 보군. 하긴, 날 죽일 생각이었으면 취봉각에서 죽였겠지 힘들게 이 먼 항주까지 끌고 와서 내다 버렸겠는가?

제법 뜨끈뜨끈한 굴뚝 덕분에 꽁꽁 얼었던 몸이 웬만큼 녹자 그는 현재 자신의 처지에 대해서 이것저것 추리할 수 있는 여유마저 생겨서 오랜 시간이 지나도록 생각에 골몰해 있는 중이었다.

이 굴뚝을 발견한 반 시진 전까지만 해도 지독한 추위 때문에 자신이 오늘 밤을 넘기지 못하고 동사할 것이라고 절망감에 빠져 있던 그다.

사흘 반나절 전 하구촌 탁마하 냇가에서 깨어나서부터 그로서는 눈곱만큼도 원하지 않았으며 또한 생전 처음 겪어보는 여러 가지 뼈아픈 경험들을 하게 됐다.

처음으로 비단금침이 아닌 집 밖, 그것도 한데서 자다가 깨어났다.

또한 한 번도 본 적이 없는 누더기를 처음 입었고, 누군가에게서 찬물을 흠뻑 뒤집어쓰고는 오들오들 떨어본 것도 처음이다.

게다가 맞아본 적도 없는 그가 집단으로 몰매를 맞아본 것역시 처음이었고, 처음 신어본 짚신을 신고 태어나서 최초로삼십여 리라는 멀고도 험한 거리를 걸었다.

그뿐인가. 천하에서 가장 맛있는 진수성찬으로 길들여진그의 위장이 장장 엿새 하고도 반나절 동안 쫄쫄 굶어보기도처음이다.

그렇듯 모든 게 처음이고 최초였다. 그리고 그것들은 하나같이 나쁜 일뿐이었다.

옛말에 복(福)은 쌍으로 오지 않고 화는 홀로 오지 않는다더니 그 말이 딱 들어맞았다.

'나를 납치한 자는 나를 죽일 의도는 없었다는 것인가? 그렇다면 항주 외곽에 나를 거지꼴로 내버린 것은 무엇을 뜻하는 것인가?

제아무리 머리가 좋고 천하의 모든 학문을 머릿속에 담고 있는 그일지라도 추호의 단서도 없는 자신의 신세와 운명이 걸려 있는 일에는 속수무책일 수밖에 없다.

'혹시… 그자가 어디에선가 날 지켜보고 있는 것은 아닐가. 아니, 필경 그럴 것이다.'

누군가 무슨 의도나 목적을 품고 단운비를 이런 꼴로 전락시켰는지는 모르겠으되, 한낱 미물의 태어남과 죽음에도 필유곡절이 있는 것처럼, 세상의 모든 행위에는 반드시 원인과 목적이 존재하는 법이다.

하물며 신룡문의 소문주라는 어마어마한 신분인 그에게 이런 고난을 선사한 자가 나 몰라라 하고 훌쩍 사라지지는 않았을 것이라는 게 단운비의 생각이다.

지금 흥수는 보이지 않는 어디에선가 단운비를 지켜보면서 킥킥 득의하여 웃고 있든지, 아니면 또 다른 암계를 구상하고 있을지도 모르는 일.

거기까지 생각이 이르자 단운비는 눈을 가늘게 뜨고는 충분한 시간을 갖고 느릿하게 사방을 둘러보았다.

휘이잉!

하나 그가 확인할 수 있는 것은 어둠과 칼날처럼 매섭게 거리를 휩쓰는 바람 소리뿐이다.

'으드득! 나쁜 것들. 그저 한마디 가르쳐 주면 될 것을…
사람을 겉모습만 보고 함부로 대하다니…….'

단운비는 지난 사흘간의 막심했던 고행을 생각하면 할수
록 은근히 부아가 치밀었다.

항주제일방파에 대해서 누굴 붙잡고 물어봐도 거지에게
돌아오는 것은 가차없는 매질에 욕설뿐이었다.

물어본 상대가 여자일 경우에는 더욱 심해서 비명을 지르
면서 도망치거나 사지를 벌벌 떨면서 울며불며 살려달라고
빌어대기 일쑤였다.

그 광경을 또 행인들이 보고는 무조건 그가 여자를 괴롭히
는 것이라고 단정하고 무차별 개 패듯이 때렸다.

길에 버려두면 거지조차도 주워 입지 않을 누더기를 입었
고, 하구촌의 불꼬챙이와 거지 패거리에게 몰매를 당해서 머
리에서 흐른 피가 말라 붙은데다 추운 겨울에 맨발인 몰골은
아무리 잘 봐줘도 상거지 중에서도 가장 추한 상거지 꼴이었
다.

그러니 사람을 겉모습만 보고 평가하는 세상 사람들은 그
가 곁에 다가오는 것조차도 소름이 끼치고 구역질을 느꼈을
것이다.

그러나 겉모습만으로 누군가를 평가해 본 적도 평가를 당
해본 적도, 그래서 그것 때문에 불이익을 준 적도 받은 적도
없는 단운비였다.

　그러므로 지난 사흘 동안 항주 성내에서 당했던 일이 평생 지워지지 않을 쓰라린 상처와 기억으로 남았다.

　그래서 그는 지금 이후 죽을 때까지 그 누구를 만나더라도 절대 그 사람을 겉모습만으로는 평가하지 않을 것이라고 맹세했다.

　휘이잉—

　한밤중의 메마른 삭풍이 밤 고양이 한 마리조차 다니지 않는 거리를 아프게 훑고 지나갔다.

　거리는 더할 수 없이 황량했고, 단운비의 몸과 마음은 그보다 더 황폐했다.

　지난 사흘 반나절이 그에겐 십칠 년 동안 살아온 세월보다 몇 곱절이나 더 길게만 여겨졌고, 비교할 수조차 없는 경험을 체득하고 각오(覺悟)하게 만들었다.

　그러나 강북무림의 지배자인 신룡문주의 외동아들이 건달은 물론이고 하찮은 거지에게도 변변히 반항조차 하지 못하고 맥없이 얻어터졌다는 사실은 놀라움을 넘어서 아예 경악이라고 할 수밖에 없는 일이었다.

　하지만 단운비가 장마당의 건달들조차도 시전할 수 있다는 하찮은 육합권(六合拳)마저도 펼칠 줄 모른다는 사실은 신룡문주와 최측근 몇 명만이 알고 있는 극비였다.

　천하제일문의 소문주가 무공을 모를 것이라고는 그 누구도 상상하지 못할 일이겠으나 그것은 엄연한 현실이었다.

통상적으로 무가(武家)의 자손들은 이르면 오륙 세, 늦어도 십 세 전후에 가문의 무공을 기초부터 차근차근 배우기 시작한다.

그래서 단운비의 나이 다섯 살에 무림에서도 대명이 쟁쟁한 신룡문의 세 명의 숙부 신룡삼협(神龍三俠)이 그의 사부를 자청하고 나서서 가르치려고 했었다.

그런데 어찌 된 일인지 어린 단운비는 무공 배우기에 도무지 흥미를 느끼지 못했다.

여섯 살 때에도 일곱 살 때에도, 그리고 무공을 배우기엔 이미 늦어버린 나이인 십 세 때에도 단운비는 무공에 흥미를 갖기는커녕 오히려 무공은 절대 배우지 않겠다고 고집을 부렸었다.

이유는 참으로 명백하고도 간단했는데, 자신이 힘들게 무공을 배울 필요가 없다는 것이었다.

어쩌면 그 이유라는 것을 세상 사람들은 좀처럼 이해하기 어려울지도 모르겠지만, 모든 것이 지나칠 정도로 완벽하게 갖추어진 속에서 태어나고 자란 단운비에겐 너무도 당연한 이유일 수 있었다.

무도(武道)를 가는 모든 사람에겐 저마다의 뚜렷한 사연과 목적이 있게 마련이다.

그리고 그 대부분의 목적이 무인(武人)으로 천하에 이름을 날리는 명예욕일 테고, 더러는 복수를 하기 위해서, 또는 돈을 벌거나 출세하려는 입신양명(立身揚名)에 무도를 수단으로 삼으려는 것일 게다.

그런데 단운비에겐 명예욕 자체가 없었다. 이미 부친이 하늘에 올라 있었으므로 그의 아들이라는 지위나 명예보다 더 큰 것은 부친밖에는 없었다.

그렇다고 그에게 부친을 능가하거나 넘어서고 싶다는 항심이나 승부욕 같은 것도 기대할 수 없었다.

그리고 그에게 누군가를 죽여야만 하는 원한 같은 것이 있을 리 만무했고, 삼생(三生) 동안 물 쓰듯이 써도 쓴 것보다 더 많은 돈이 남아 있을 것이기 때문에 돈이 부족한 것도 아니었다.

그러므로 그가 무도를 택할 목적 자체가 없는 것이다.

'사흘 반나절을 굶었지만 허기만 느껴질 뿐 기력이 쇠하지 않은 것으로 미루어 나를 납치한 자가 먹인 벽곡단의 효능이 아직 남아 있는 모양이로군. 조악한 것이 아니라 질 좋은 벽곡단이야.'

어쨌든 지금은 따뜻한 굴뚝이라도 안고 있으니까 살 것 같았다.

지금 그의 소박한 바람이라면 동이 틀 때까지 굴뚝의 온기가 남아 있었으면 하는 것과, 누군가 자신을 이곳에서 쫓아내지 말았으면 하는 소박함뿐이다.

하나 그 소박함마저도 이루어지지 않았다.

“……!”

단운비는 곧게 뻗은 대로의 끝 쪽에서 뭔가 이쪽으로 쏘아 오는 것을 얼핏 발견했다.

밤이었고 오십여 장이라는 먼 거리였지만 야공에는 둥근 보름달이 휘영청 떠 있어서 환한 대낮처럼은 아니더라도 어스름 땅거미가 질 무렵 정도의 밝기를 만들어주고 있었다.

게다가 어려서부터 천하의 귀하디귀한 영약이란 영약을 밥처럼 먹어온 단운비였기에 체력과 총기만큼은 타의 추종을 불허했다.

그런 이유로 시력 또한 범인들보다 두세 배는 더 뛰어났기 때문에 지금 같은 상황에서는 오십여 장 밖의 사물을 뚜렷하게는 아니더라도 웬만큼은 식별할 수 있는 것이다.

오십여 장 밖에 있던 그 무언가는 단운비가 눈을 한 번 깜빡일 때마다 십여 장씩 쑥쑥 가까워졌다.

‘무림인이다!’

단운비는 내심 낮게 외치며 더 이상 생각할 것도 없이 끌어안았던 굴뚝에서 즉시 두 팔을 푸는 것과 동시에 거리로 구르듯이 뛰쳐나갔다.

무림인이라면 항주제일방파가 어딘지 잘 알고 있을 것이기 때문에 그에게 묻기 위함이었다.

어쩌면 그것을 묻는다는 자체만으로도 목숨을 잃게 될지 모를 무모하기 짝이 없는 행동이다.

하지만 세상 경험이라곤 술 마시고 계집질한 것 외에는 전무한 단운비가 그런 것을 짐작할 리 없었다.

"멈춰라! 물어볼 것이 있다!"

게다가 그는 어디에서 힘이 솟았는지 거리 한복판에 우뚝 서서 두 팔을 활짝 벌리고는 젖 먹던 힘을 다해서 벼락같이 외쳤다.

그가 상대를 가로막은 것과 쏘아오던 무림인이 그의 삼사 장 전면까지 도달한 것은 거의 한순간에 이루어졌다.

아무리 눈이 밝은 단운비라고 해도 무림인의 모습은 제대로 보지 못하고 대신에 순간적으로 한 무더기의 흑무(黑霧)가 자신을 향해 덮쳐드는 착각을 느꼈다.

단운비가 비로소 무림인을 쳐다봤을 때 그는 바로 코앞까지 쇄도하고 있었으며, 단운비는 찰나지간에 그의 얼굴과 가볍게 놀라는 빛을 띠고 있는 두 눈을 발견했다. 단지 그것뿐이었다.

그리고 다음 순간 무림인은 순식간에 단운비의 시야에서 유령처럼 사라져 버렸다.

"……?"

쉭!

쉬익!

바로 그때 단운비는 자신의 머리 위에서 날카로우면서도 흐릿한 파공음 여러 개가 들려오자 즉시 고개를 뒤로 젖히고

위를 쳐다보다가 깜짝 놀라고 말았다.

그의 머리 위 삼 장 정도의 높이에는 방금 그의 눈앞에서 사라졌던 한 명의 흑의야행인이 허공으로 솟구쳐 오르는 중이었다.

그리고 언제 어디에서 갑자기 나타났는지 세 방향에서 세 명의 무림인이 흑의야행인을 향해 바람처럼 일직선으로 쏘아 오고 있었고, 그들 네 명이 거의 동시에 어깨의 무기를 뽑고 있었다.

채채챙!

단운비가 놀란 얼굴로 위를 쳐다보고 있는 중에 허공에서 요란한 도검 부딪치는 음향이 한밤의 고요를 산산이 깨뜨리며 번갯불 같은 섬광이 번쩍번쩍 뿜어지면서 사방으로 뿜어져 나갔다. 네 명은 눈 깜짝할 사이에 일 초식을 주고받았다.

“윽!”

“욱!”

직후 두 마디 묵직한 신음성이 터지더니 그중 한 명이 몸을 휘청거리며 균형을 잃었다.

“놈이 도주한다!”

여자의 날카로운 음성이 그 뒤를 이어 터졌다.

쿵!

다음 순간 단운비 옆으로 묵직한 물체가 떨어졌다.

“담성(覃星)! 놈은 중상을 입었다! 쫓아라!”

그리고는 방금 그 여자의 날카로운 외침이 허공중에서 시작되어 단운비의 바로 옆에서 끝났다.

"전광(田廣)! 많이 다쳤느냐?"

소녀의 누군가를 부르는 다급한 외침이 단운비의 옆쪽 무릎 정도의 높이에서 들렸다.

하지만 단운비는 소리가 들려온 곳을 보지 않고 순식간에 아스라이 사라져 가고 있는 흑의야행인과 오 장여 뒤에서 그를 쫓고 있는 하나의 인영을 보고 있었다.

두 사람은 성내의 전각 지붕을 발로 살짝살짝 딛고 박차면서 밤하늘을 땅 위처럼 질주하고 있는데, 한 번 도약에 무려 오륙 장씩이나 쏘아져 가며 잠시 후에는 단운비의 시야에서 완전히 사라져 버렸다.

여전히 밤하늘을 바라보고 있는 단운비의 시선이 머문 끝에는 사라진 두 사람 대신 흐릿하게 명멸하는 밤하늘의 잔별들이 떠 있었다.

"전광! 즉시 운공을 해라! 내가 돕겠다!"

그때 단운비는 재차 다급하게 들려오는 여자의 음성에 퍼뜩 정신을 차리며 발아래를 쳐다보았다.

서 있는 단운비에게서 약 세 걸음쯤 떨어진 곳 땅바닥에 한 명의 청년이 오른손에 푸른색이 감도는 한 자루 검을 움켜쥔 채 반듯한 자세로 누워 있었다.

그리고 그 옆에 한 명의 여자, 아니, 소녀가 무릎을 꿇고 초조한 표정으로 청년을 일으키고 있었다.

그녀의 옆 땅에는 그녀의 것으로 보이는 역시 푸른빛의 검이 놓여 있었다.

"흐으… 소궁주(小宮主)… 속하는… 틀… 렸습니다……."

이름이 전광인 듯한 청년이 입에서 꾸역꾸역 피를 흘리면서 게슴츠레한 눈으로 힘겹게 말하는데, 그의 목 한복판에서 샘물처럼 피가 솟구치고 있었다.

검을 목에 깊숙이 찔린 듯했으며, 목 뒤에서도 피가 뿜어지고 있었다.

"무슨 소리야? 쓸데없는 소리 집어치우고 힘을 내라! 넌 절대 죽지 않아! 내가 살려내고 말겠다!"

소녀는 날카롭게 꾸짖으면서 전광의 목을 지혈하려고 했다.

그러나 목에서 샘물처럼 솟구치는 피 때문에 지혈이 쉽지 않았고, 그녀의 두 손과 상의, 얼굴까지 금세 새빨갛게 피로 물들어 버렸다.

어렵사리 상처를 지혈한 소녀는 전광을 일으켜 앉게 하고는 재빨리 그의 등 뒤로 돌아가서 가부좌의 자세로 앉은 다음에 두 손바닥을 그의 등에 밀착시켰다.

그녀는 눈을 감고 운공하여 내공을 일으킨 후 자신의 손바닥을 통해서 전광의 등으로 진기를 주입시켰다. 그녀의 얼굴에는 절박한 표정이 가득했다.

소녀는 십오륙 세 정도의 나이였으며 일신에는 몸에 착 달라붙는 벽의 경장을 입었다.

먹물처럼 검고 긴 머리카락이 어깨와 등을 덮어 엉덩이까지 이르렀으며, 동그란 얼굴에 다부지게 다물린 도톰하고 작은 입술을 지닌 귀여운 용모였다.

"죽었어."

문득 그 광경을 물끄러미 지켜보던 단운비가 나직이 불쑥 중얼거렸다.

그러자 소녀가 번쩍 눈을 뜨고는 날카롭게 단운비를 쏘아보았다.

그런 그녀의 눈에는 불신과 슬픔이 동시에 떠올라 있었다. 또한 그 눈빛은 만약 전광이 진짜 죽었다면 그 책임이 그가 죽었다고 말한 단운비에게 있다고 말하는 것 같았다.

단운비는 죽은 사람을 직접 본 적이 없을뿐더러 이처럼 가까이에서 목격한 적은 더욱 없었다.

그러나 남달리 의학에도 조예가 깊은 그는 부릅떠진 전광의 눈에서 초점이 사라지고 생기가 완전히 소멸한 것을 확인하고는 그가 숨이 끊어졌다고 판단한 것이다.

"안 죽었어!"

소녀는 나직하지만 강하게 외치듯 반박했다. 다시는 그가 죽었다고 말하지 말아달라는 애원이 깔려 있는 듯한 외침이었다.

"숨 쉬나 봐. 죽었어."

소녀는 단지 전광이 죽었다는 사실을 인정하려 들지 않으려는, 그가 죽지 않기를 간절히 바라는 심정을 담은 말이었는데, 단운비는 그녀가 자신의 말을 믿지 않는다고 여기고 재차 강조했다. 그의 세상물정 모름은 지금 또 하나의 일을 만들고 있었다.

휘익!

"닥쳐! 죽지 않았단 말이야!"

순간 소녀가 재빨리 옆에 놓았던 검을 집어들고 앉은 자세에서 곧장 단운비에게 튕겨지면서 쏘아가자 한줄기 푸른 검광이 섬뜩하게 허공을 갈랐다.

뚝!

찰나, 시퍼런 검날이 단운비의 목에서 두 치 떨어진 곳에 딱 멈추었고, 소녀는 어느새 그의 앞에 우뚝 서 있었다.

단운비는 추호도 표정이 변하지 않았으며 눈 하나 깜짝하지 않은 채 우뚝 서 있었다.

이 순간만큼은 춥지도 배고프지도 않았다. 게다가 그의 몸에서는 어떤 대장부의 기개마저도 은은히 풍겨졌다.

소녀는 눈을 조금 더 크게 뜨고 단운비를 바라보았다. 그녀의 두 눈에 뜻밖이라는 기색이 떠올랐다.

아무리 잘 봐주려고 해도 상거지를 모면하기 어려운 몰골의 단운비가 자신을 죽이려 하는데도 눈 하나 깜짝하지 않고 우뚝 서 있다는 사실이 믿기 어렵다는 표정이다.

설혹 우두커니 서 있는 단운비가 소녀의 공격이 지독하게 빨라서 자신의 목숨이 절체절명에 처했었다는 사실을 미처 알아차리지 못했다고 치자.

그렇더라도 지금처럼 검이 목을 벨 듯이 바짝 대어져 있는 상황이라면 무림인이라고 해도 적잖이 당황하거나 겁을 집어 먹어야 마땅할 터이다.

그런데 하물며 평범한 사람도 아닌 거지 따위가 초연하리만치 당당하게 서 있으니 소녀가 놀라는 것도 당연했다.

소녀의 상식으로 판단할 때 단운비는 둘 중 하나가 분명했다. 바보천치거나 미친놈.

그녀의 그러한 판단을 뒷받침해 주는 것이 방금 전 단운비의 말투였다.

한낱 미천한 거지가 최고급의 좋은 옷을 입은데다 검을 소지한 소녀에게 다짜고짜 반말을 했다는 것은 바보거나 미치지 않고는 불가능한 일인 것이다.

그녀 역시 사람을 겉모습만 보고 평가하는 사람들의 범주에서 크게 벗어나지 못하는 우를 범하고 있었다.

단운비는 모친의 몸에서 세상에 처음 나올 때 남들은 다 갖고 나오는 한 가지를 지니고 있지 않았다.

그리고 남들은 아예 없거나 조금만 가지고 나오는 것을 그는 아주 많이 가지고 나왔다. 그래서 주위 사람들은 그를 이렇게 불렀다.

　—일무일재(一無一在).

　하나가 없고 하나는 있다. 없는 것은 '두려움[㤼]' 이고 남들
보다 아주 많으며 강한 것은 '자존심[尊]' 이다.
　소녀는 물끄러미 단운비를 응시했다. 그에게 뭔가 물을 것
이 있는데 그녀가 판단한 대로 그가 바보나 미치광이라면 물어
보나마나이다. 그래서 물을까 말까를 잠시 고민하는 중이었다.
　소녀는 오 척 하고도 네 치가량의 키였으므로 결코 작은 키
가 아니었다.
　그런데 단운비 앞에 서니까 그보다 한 뼘이나 작았고 몸집
은 매우 가냘프게 보였다.
　그때 소녀는 단운비의 뒤쪽 허공으로 하나의 인영이 쏘아
오는 것을 발견하고는 언뜻 실망하는 표정을 떠올렸다.
　그 인영은 조금 전에 흑의야행인을 추격한 무림인이었으
며, 혼자 돌아오는 것으로 미루어 추격에 실패한 듯했다.
　"소궁주, 놈을 놓치고 말았습니다. 죄송합니다."
　무림인은 단운비와 소녀의 옆쪽 지면에 가볍게 내려선 후
소녀를 향해 포권하며 깊숙이 허리를 굽혔다.
　그는 소녀와 같은 벽의 경장 차림에 전광과 비슷한 이십오
륙 세의 나이로 보였으며, 약간 마른 듯한 체구에 하관이 빠

르고 눈매가 날카로운 인상이었다.

그 역시 오른손에 푸른빛의 검 벽검(碧劍)을 쥐고 있었다. 아마도 이들 세 사람이 지니고 있는 벽검은 그들이 같은 방파의 사람임을 나타내는 것 같았다.

철컥!

"내가 암살범에게 중상을 입혔다고는 하지만 그자는 일류 고수에다가 경신술이 뛰어난 자였다. 내 잘못이야. 너에게 전광을 돌보게 하고 내가 추격했어야 하는 건데……."

소녀는 검을 어깨의 검실에 천천히 꽂고 흑의야행인이 사라진 밤하늘을 쏘아보며 못내 안타까운 표정으로 입술을 잘근잘근 깨물다가 크게 기대하지 않는 듯 벽의청년에게 다시 물었다.

"암살자의 얼굴을 보았느냐?"

소녀는 흑의야행인을 '암살자' 라고 불렀다.

"못 봤습니다."

벽의청년이 송구한 듯 대답하자 소녀의 낯빛이 흐려졌다.

"나도 못 봤어. 한차례의 격돌에서도 놈이 고개를 숙이고 있어서……. 그것 때문에 놈에게 쉽사리 중상을 입힐 수 있었지만."

소녀는 중상을 각오할 정도로 얼굴을 노출시키지 않으려는 암살자의 저의가 못내 궁금했다.

그 사실은 암살자가 얼굴을 드러내는 것으로써 자신의 신

분이 즉시 노출되기 때문에 차라리 중상 입는 것을 선택했다
는 의미이기도 했다.

벽의청년은 조심스럽게 허리를 펴면서 예를 거두고는 잠
시 소녀의 표정을 살피다가 단운비를 힐끗 날카롭게 쏘아보
는데, 눈길이 어찌나 날카로운지 단운비는 뺨이 따끔거리는
느낌마저 받았다. 그런 느낌은 처음이었다.

"전광은 어찌……."

벽의청년은 공손히 묻다가 전광이 눈을 부릅뜨고 죽은 것
을 발견하고는 얼굴이 확 굳어지면서 말끝을 흐렸다.

"전광이……."

벽의청년과 전광은 둘도 없이 절친한 사이였다.

두 사람은 같은 고향에서 몇 달 간격으로 태어나 아래윗집
에서 살았으며, 마을에 하나밖에 없는 무술도장에도 함께 다
녔다.

그 후 이십 세가 되던 해에 고향을 떠나 항주로 와 대방파
인 벽검궁에도 나란히 입문했다.

그리고는 밑바닥부터 무림 경험을 착실하게 쌓아 그로부
터 사 년 후 며칠의 간격을 두고 나란히 향주(香主)로 승급했
던 그들이다.

"전광! 크흐흑!"

그런 친형제와도 같은 전광이 죽었다. 벽의청년은 전광 앞
에 마주 보는 자세로 털썩 무릎을 꿇고는 이를 악물며 눈물을

후드득 떨어뜨리면서 오열을 터뜨렸다.

그 두 사람의 우정을 줄곧 흐뭇하게 지켜봐 온 소녀로서는 착잡한 마음을 가눌 길이 없었다.

자신의 지휘로 암살범을 추격하던 중에 두 친구 중 한 명이 처참하게 죽었으니 자신에게도 책임이 있다는 생각에 마음이 무거워졌다.

"홍월당주(洪月堂主)를 암살하더니 이젠 전광까지……. 내 이놈을 기필코 잡아 죽이고야 말겠어!"

소녀는 작은 주먹을 움켜쥐고 바르르 떨면서 싸늘하게 중얼거리는데 두 눈에서 차가운 한광이 와르르 쏟아졌다.

그 한광에는 정심한 내공이 섞인 안광이 짙게 일렁였으며, 아마 무림인들이 봤다면 그녀가 대략 삼사십 년의 내공을 지닌 무시 못할 고수라는 사실을 간파했을 것이다.

문득 소녀의 시선이 물끄러미 서 있는 단운비에게 향했다. 바보든 미친놈이든 한번 묻는 것은 손해가 아닐 것이다.

"너는 조금 전에 암살자의 얼굴을 보았느냐?"

물에 빠진 사람이 지푸라기라도 잡는 심정으로 물었지만 사실 내심으로는 일 푼어치도 기대하지 않았다.

"봤다."

그런데 의외의 대답이 나왔다.

소녀가 그를 바보나 미친놈으로 여긴다는 것을 반박하기라도 하는 듯한 대답이었다.

소녀의 두 눈이 약간 커졌다.

"정말이냐?"

"그렇다."

일 푼의 기대가 순식간에 삼 할로 커졌다.

"기억할 수 있느냐?"

"물론이다. 너는 원래 의심이 많은 것이냐, 아니면 내 행색을 보고 내 말을 믿지 못하는 것이냐?"

소녀는 단운비가 꼬박꼬박 반말하는 것을 개의치 않았다. 지금은 그런 것이 중요하지 않았다.

반신반의하면서도 소녀의 기대는 오 할로 커지고 있었다. 단운비가 선천적으로 비상한 기억력과 눈썰미를 지니고 있다는 사실을 소녀가 알았더라면 기대는 처음부터 십 할이 됐을 것이다.

"그려줄 수도 있다."

단운비는 조용한 어조로 쐐기를 박았다. 소녀는 이제 그가 더 이상 바보거나 미친놈으로 생각되지 않았다.

대신 그가 정말로 암살범을 기억하고 있거나, 아니면 자신을 농락하는 것이라고 여겼다.

소녀는 처음으로 단운비를 똑바로 주시하고 자세히 살폈다.

그리고는 그의 얼굴이 비단 다른 거지들처럼 때가 끼어 있지 않을뿐더러 매우 희고 곱다는 사실과 꽤 준수한 용모라는 것, 그리고 눈빛이 아주 맑고 동공이 매우 크다는 특이한 사실 등을 비로소 깨닫게 되었다.

그녀는 한 걸음 뒤로 물러나서 단운비의 전신을 관찰하듯이 날카롭게 살펴보았다.

그제야 그가 입고 있는 더러운 누더기와 그의 얼굴, 그리고 그가 풍겨내는 기묘한 기개 같은 것이 극심한 부조화를 이루고 있는 것이 새삼스럽게 시야에 들어왔다.

그러나 그런 것은 아무래도 좋았다.

중요한 것은 그가 암살범의 얼굴을 기억하고 있으며 그려줄 수도 있다고 말한 사실이다.

그래서 일단 소녀는 그의 말을 믿어보기로 했다.

단운비의 기억을 토대로 솜씨 좋은 화가를 불러다가 초상화를 그려낼 수 있다면 어쩌면 암살범을 잡을 수도 있을 것 같았다.

척!

"너는 지금 즉시 나와 함께 가도록 하자."

마음이 급해진 소녀는 상대가 거지이며 남자라는 사실을 잠시 망각한 듯 덥석 단운비의 손을 잡으면서 몸을 돌렸다.

"조건이 있다."

단운비는 그 자리에 우뚝 서서 움직이지 않고 오히려 소녀의 조그맣고 섬세한 손에서 자신의 손을 빼내며 나직하고도 단호하게 말했다.

그러자 소녀는 초승달 같은 아미를 살짝 찌푸리며 단운비를 돌아보았다.

초상화만 그리게 해준다면 그녀로서도 응분의 대가를 지불할 생각이었는데, 그가 먼저 조건을 꺼내자 본의 아니게 기분이 약간 상했다.

“돈이라면 넉넉하게 주겠다.”

소녀는 눈을 내리깔고 ‘역시 거지란 어쩔 수 없는 존재로군’이라는 표정을 지으며 말을 꺼냈다.

“돈 따위는 필요없다.”

단운비가 당연히 대가로 돈을 요구할 것이라고 여긴 소녀의 표정이 가볍게 변했다.

그의 누더기와 용모가 부조화를 이루든 말든 온몸에서 궁색함이 좔좔 흐르고 있으니 당장 돈보다 더 필요한 것은 없을 듯했다.

그리고 거의 모든 사람들이 이런 상황에서는 돈을, 그것도 되도록 많이 요구한다는 것을 그녀는 그리 길지 않은 연륜을 통해서 체험했다.

소녀의 예상과 추측은 번번이 빗나가고 있었다. 그녀는 기분이 나쁘기보다는 단운비에게 약간의 흥미마저 느끼기 시작하고 있는 자신을 깨닫지 못했다. 그러나 조급한 심정이 그녀의 흥미를 밀어냈다.

“무얼 원하지?”

“항주제일방파가 어딘지만 가르쳐 주면 된다.”

이번에도 역시 소녀의 예상을 비웃기라도 하듯 전혀 엉뚱한 조건이었다.

그래서 소녀는 이쯤에서 이 묘한 거지에 대해서 뭔가를 예상하거나 추측하는 것을 그만두기로 작정했다.

"모르느냐?"

현재 항주 인근 삼백여 리 일대에서 제일방파 자리를 놓고 어떤 방파와 치열하게 다투고 있는 방파의 후계자이며 소궁주인 그녀가 그걸 모른다면 말이 되지 않는 일이다.

그러나 정작 모를 것은, 하다못해서 항주성의 코흘리개조차도 뻔히 알고 있는 사실을 조건이랍시고 묻는 단운비의 저의였다.

그녀는 방금 전에 그에 대해서 추측하는 것을 그만둬야겠다고 작정한 것을 잠시 망각하고 잠시 동안 물끄러미 그를 보며 염두를 굴렸다.

하지만 곧 고개를 살래살래 가로저으며 내심 가볍게 한숨을 쉬었다.

그가 왜 그런 것을 묻든 자신이 알 바 아니라는 것을 뒤늦게 깨달은 것이다.

"벽검궁(碧劍宮)이다."

소녀는 바로 벽검궁의 소궁주라는 신분이었다. 소녀가 단운비에 대해서 모르듯 단운비도 그녀에 대해서 몰랐다.

만약 소녀가 벽검궁 소궁주라는 사실을 단운비가 알았더

라면 그는 벽검궁의 위치가 아니라 벽검궁주를 만나게 해달라고 요구했을 것이다. 이렇듯 운명은 번번이 단운비를 조롱하고 있었다.

"위치가 어디냐?"

"항주성을 벗어나 전당강(錢糖江)으로 가다 보면 중간쯤에 옥황산(玉皇山)이 나오는데 그 산자락에 있다. 이제 됐으면 나와 함께 가자."

그깟 몇 마디 대답해 준 것으로 조건을 완결 지었다는 사실이 못내 찜찜했지만 그녀는 그런 내심을 접으며 단운비에게 재차 종용했다.

"됐다. 너는 지금 종이와 붓을 가져오너라."

소녀 벽검궁의 소궁주는 단운비의 말뜻을 금세 알아차리지 못하고 의아한 표정을 지으며 물었다.

"그것도 조건이냐?"

"그렇다면 맨땅에다가 네가 원하는 사람의 초상화를 그려 줘도 괜찮다는 것이냐?"

"……?"

평소 소궁주는 주위 사람들로부터 천재까지는 아니더라도 총명이 지나치다는 칭찬을 숱하게 들어왔다.

그런데 지금은 그 총명함이 온데간데없고 몇 차례에 걸쳐서 어리둥절하거나 놀라기만 반복하고 있는 중이었다.

그녀는 상대가 바보인 게 아니라 자기 자신이 바보가 된 것 같다는 느낌을 떨쳐 버리기 힘들었다.

"지금… 여기서 초상화를 그려주겠다는 거야?"

"그럼 안 되느냐?"

안 될 것은 없다. 아니, 제대로 된 초상화만 나온다면 오히려 그 편이 훨씬 나았다.

그러나 결정적으로 소궁주는 단운비의 말이 그때까지도 쉽사리 믿어지지 않았다.

딱 한 번, 그것도 찰나지간에 본 암살자의 얼굴을 온전히 기억하고 있을 것인가 하는 거지의 기억력도 의문이려니와, 기억력을 되살려서 자신이 직접 그리겠다는 거지의 말을 믿을 사람은 결코 흔치 않을 것이기 때문이다.

소궁주는 뭔가를 찾아내려는 듯한 눈빛으로 잠시 동안 빤히 단운비를 응시했으나 역시 뜻을 이루지 못했다. 단운비의 눈빛이 맑은 호수처럼 깊이 가라앉아 있다는 것만을 알아냈을 뿐이므로.

"담성, 지필묵을 가져와라."

결국 그녀는 전광의 죽음을 애통해하고 있는 벽의청년에게 그렇게 명령을 내릴 수밖에 없었다.

第五章

가슴속에는 원한을 새기고

풍림화산

　“……!”

　소궁주와 벽의청년 담성의 얼굴에 커다란 놀라움이 파도처럼 번졌다.

　단운비가 대로변 어느 가게의 텅 빈 진열대 위에 종이를 펼쳐 놓고 잠시 뭔가 생각하는 듯하다가, 이윽고 붓을 들어 단 한 번도 멈추지 않고 종이 위에 일필휘지 그림을 그려 나가는 광경을 보고 있었기 때문이다.

　아니, 그것은 놀라움을 넘어선 감탄이고 경이로움이다.

　단운비는 잘못 그리지도 않았고, 획(劃)을 두 번 긋지도 않았으며, 마치 예전에 수백 번 그 사람의 얼굴을 그려본 것처럼 능숙하게 그림을 그려 나갔다.

소궁주와 담성이 망연자실하고 있는 중에도 단운비의 손
은 쉬지 않고 화폭에 그림을 그려 나갔다.

그림을 완성시키는 데에는 그다지 오랜 시간이 걸리지 않
았다. 불과 일다경이 채 못 되었을 무렵 단운비는 붓을 내려
놓았고, 그림을 보던 두 사람은 만면에 경악지색을 떠올려야
만 했다.

두 사람이 경악하는 이유는 두 가지였다. 하나는 단운비의
뛰어난, 아니, 완벽에 가까운 그림 실력 때문이었고, 또 하나
는 그 완벽한 그림이 누굴 가리키는지 대번에 간파했기 때문
이다.

"적혼검(赤魂劍)!"

두 사람은 동시에 낮게 부르짖었다.

적혼검은 벽검궁과 함께 항주제일방파의 자리를 치열하게
다투고 있는 제천방(制天幇)의 적혼당주(赤魂堂主)였다.

"적혼검 엄여(嚴與) 그놈이 감히!"

소궁주의 두 눈에서 새파란 살광이 안개처럼 뿜어져 나왔
다.

이제 그녀는 적혼검이 무엇 때문에 벽검궁 홍월당주를 암
살했는지도 짐작할 수 있었다.

그랬으므로 단운비가 적혼검 엄여를 모함하려고 그를 그
렸다든지 하는 따위의 쓸데없는 의심은 조금도 품지 않았다.

자다가 암살당한 홍월당주에겐 곧 혼인하게 될 여자가 있었고, 두 사람은 서로 몹시 사랑하는 사이였다.

문제는 또 다른 한 남자가 그녀를 열렬히 사랑하고 있다는 데 있었다.

그런데 여자가 또 다른 남자를 조금도 사랑하지 않고 오히려 두려워하고 있다는 것이 더 큰 문제였다.

그 남자가 바로 적혼검 엄여였다.

적혼검이 그 여자를 차지하기 위해서 홍월당주와 여자에게 여러 차례 시비도 걸고 협박도 했었다는 사실은 귀가 밝은 사람이라면 누구나 알고 있었다.

그러므로 수하들에 대해서 늘 지대한 관심과 애정을 보여 온 소궁주가 그 사실을 알고 있는 것은 별로 이상한 일이 아닐 터.

제천방 휘하의 적혼검이 벽검궁 홍월당주를 암살한 동기는 충분하고도 넘쳤다.

그리고 암살자를 목격한 단운비가 그린 초상화까지 손에 넣었으니, 이제 남은 것은 적혼검을 잡아들여 많은 사람들이 보는 앞에서 사건의 전말을 자백 받아낸 후 공개 처형하는 일뿐이다.

문득 소궁주는 단운비가 대로 가장자리의 굴뚝으로 걸어가고 있는 것을 보고는 즉시 그를 불렀다.

"이봐! 어딜 가는 거야?"

단운비는 묵묵히 걸어가서 얼마 전에 자신이 있던 굴뚝 옆에 바짝 붙어 앉아 두 팔로 굴뚝을 끌어안는 것으로 대답을 대신했고, 그 대답은 충분한 의미를 전달했다.

소궁주는 그가 굴뚝 옆에서 추위를 피하며 밤을 새우려 한다는 사실을 짐작하고는 의아한 얼굴로 물었다.

"너는 왜 혼자 있지? 거지 패에 속해 있지 않느냐?"

"나는 거지가 아니다."

원래 단운비가 가지고 있던 많은 능력 중에서 신세가 전락된 지금까지도 잃지 않고 있는 몇 가지 중 하나는, 상대가 누구든지 말과 행동과 궁금증을 단숨에 일축시켜 버리는 놀라운 재주다.

거지에 대해서 자세히는 모르지만, 거지가 성내에서 단독으로 활동하는 것이 거지 세계에서는 허용되지 않으며, 그런 것이 매우 위험천만한 일이라는 것쯤은 어렴풋이 알고 있는 소궁주라서 물어본 것이다.

그런데 예의 단운비의 재주인 '상대 일축하기'에는 쓴웃음을 지을 수밖에 없었다.

"넌 누구지?"

소궁주는 그런 단운비에게 일말의 호기심을 느꼈다. 거지가 아니라는 그의 말도 왠지 믿을 수 있을 것 같았다. 그의 말투나 행동은 결코 거지들의 그것이 아니었으므로.

사람이란 자신이 우월하다고 여기거나 그 우월함에 익숙

한 사람일수록 자신에게 호의를 보이는 사람보다는 무관심한 사람에게 호기심을 보이는 모순된 심성을 지니고 있게 마련이다.

지금의 소궁주 역시도 그런 마음이 얼마간은 작용했다. 물론 단운비의 소위 '일축'이나 '무시'가 큰 역할을 한 것은 두말할 나위가 없었다.

"알 것 없다."

돌아온 것은 역시 철저한 무시다.

소궁주는 명문대파의 후계자로서 과거 십오 년 동안 살아오면서 지금 같은 무시를 당해본 적이 없기에 자신도 모르게 얼굴이 싸늘하게 변했다.

"감히! 죽고 싶으냐?"

그녀는 단운비에게 걸어가며 얼음 가루가 풀풀 날리는 듯 차가운 목소리를 흘려냈다가 걸음을 뚝 멈췄다.

단운비가 두 팔로 굴뚝을 끌어안은 채 눈을 감고 있는 것을 발견했기 때문이다.

그는 굴뚝에 뺨을 대고 곤히 잠자고 있었다. 방금 '알 것 없다'라고 말하고는 즉시 잠들어 버린 것이다.

그의 상대를 철저하게 '무시하기'는 아예 잠들어 버림으로써 그 절정에 도달하고 있었다.

소궁주는 어이없다는 표정을 지으며 잠시 단운비를 바라보며 한두 차례 표정이 변하다가 이윽고 몸을 돌렸다.

“가자, 담성.”

*　　　*　　　*

역조의 명도 무창(武昌)에는 명승지가 수두룩하지만 사람들에게 무창에서 가장 유명한 것이 무어냐고 물으면 백이면 백 하나같이 똑같은 대답을 할 것이다.

—금검보(金劍堡).

“아버님께서 허락해 주신다면 소녀가 신룡문에 가서 그를 직접 만나보겠어요.”

백여 채의 어마어마한 고루거각이 모여 있는 한복판에 우뚝 솟은 웅장한 오 층 전각 맨 꼭대기 층의 창 안에서 듣는 이의 기분까지 상쾌하게 만드는 영롱한 옥음이 나직하게 흘러나왔다.

“안 된다. 혼인식도 올리기 전에 제멋대로 정혼자를 찾아가는 일 따위는 명문가의 자식이 취할 행동이 아니다.”

중후하면서도 나지막하고 듣는 이를 은연중에 엄숙하게 만드는 중년인의 음성이 뒤이어 흘러나왔다.

“하지만 소녀의 남편 될 남자가 천하에 다시없을 색광에다 파락호라는 소문이 파다한 것을 아버님께서도 알고 계시겠지

요? 그러니까 소녀의 눈으로 직접 확인해 보는 것을 허락해
주세요.”

단아한 청포를 입은 한 명의 중년인이 푹신한 호피의에 몸
을 묻은 채 잠시 침묵을 지키다가 크고 두툼한 손으로 느릿하
게 턱을 쓰다듬으면서 입을 열었다.

“안 된다.”

청포인은 사십오륙 세의 나이로 보였고 단정하게 상투를
틀었는데, 후리후리한 체구에 갸름한 듯 청수한 용모로써 일
견 득도한 노도사나 고승 같은 탈속함을 지니고 있어 무림인
이라기보다는 학자 같은 분위기를 풍겼다.

그가 곧 금검보주(金劍堡主)인 금검신성(金劍神聖) 독고헌(獨
孤軒), 강남무림의 절대자다.

“소녀는 그런 남자와 절대 혼인할 수 없어요.”

금검신성 독고헌 앞쪽 대여섯 걸음 떨어진 곳에 위치한 탁
자 앞에 앉은 한 백의소녀가 찻잔을 내려놓으며 단호한 표정
을 지으며 입술을 잘근 깨물었다.

“너희의 정혼은 이미 십 년 전에 이루어진 일이다. 그것은
결코 평범한 정혼이 아니라는 뜻이다.”

“알고 있어요.”

독고헌의 못을 박는 듯한 말에 백의소녀는 씁쓸한 표정과
어조로 말했다.

태어나서 십육 년 동안 부친에게 단 한 차례의 실망도 안겨

주지 않았었고 한 번도 부친의 말을 거역해 본 적이 없는 그
녀였다.

"삼 년 후 신룡문의 단운비가 이십 세가 되면 너와 혼인을
할 것이라는 사실은 불변이다."

"아버님, 소녀에게 한 번만 기회를 주세요."

백의소녀는 크고 서늘하며 흑백이 뚜렷한 아름다운 한 쌍
의 눈에 애절함을 담고 독고헌을 바라보았다.

"그 기회라는 것이 네가 직접 신룡문에 찾아가는 것뿐이란
말이냐?"

독고헌은 딸이 아비인 자신에게 고집이라곤 부려본 적이
없다는 사실을 잘 알고 있기에 최초로 고집 같은 것을 부리고
있는 그녀가 지금 얼마나 절박한 심정인지를 어렵지 않게 짐
작할 수 있었다. 그래서 거절해야만 하는 아비의 마음이 한층
더 씁쓸했다.

소녀는 자신의 진심이 부친의 완고한 마음을 열기를 바라
는 듯한 눈빛을 지으며 고즈넉이 말했다.

"소녀의 눈으로 직접 단운비라는 남자를 확인해 보고 싶을
뿐이에요."

소녀를 바라보는 독고헌의 눈에 언뜻 안쓰러움이 스쳤다.
딸의 정혼자가 입에 담기조차 민망할 정도의 난봉꾼이며 술
꾼인 것은 천하가 알고 있는 사실이다.

무엇보다 귀하게 키운 금쪽같은 딸을 그런 놈에게 시집보

내야 하는 독고헌의 마음인들 편할 리가 없다.

그러나 무슨 일이 있어도 이 정혼은 이루어져야만 한다.

십 년 전의 일이다.

독고헌은 신룡문주와 수많은 우여곡절 끝에 어렵사리 만나 일대일로 이마를 맞대고 사흘 밤낮을 숙의한 끝에 결국 신룡문주의 외아들과 독고헌의 금지옥엽을 정혼시키기로 밀약을 맺었다.

정혼의 밑바닥에는 두 거목만이 알고 있는 몇 가지 중요하고도 긴밀한 맹약(盟約)들이 깊숙이 깔려 있었다.

아마도 그것들은 천하의 파락호와 천하제일미라고도, 혹은 성녀(聖女)라고도 불리는 소녀가 혼인한 후에야 수면 위로 떠올라 천하를 발칵 뒤집어놓게 될 것이다.

천하의 내로라하는 명문가의 뛰어난 소년과 청년들이 먼 발치에서나마 단 한 번만이라도 보기를 원하는 미명(美名)의 주인공인 백의소녀의 애절한 눈빛도 결국 부친 독고헌에겐 통하지 않았다.

"지(芝)아, 너는 열여섯 살이 된 지금까지 한 번도 아비의 말을 거역한 적이 없다. 앞으로도 그러리라고 믿는다."

독고헌은 어설픈 위로를 하기보다는 본래의 엄숙함을 견지하며 말을 이었다.

"네가 단운비에게 시집가는 것을 희생이라고 말하지는 않으마. 그러나 네가 단운비와 혼인함으로써 천하가 진실로 태

평해질 것이고, 거의 모든 크고 작은 싸움과 분쟁이 일시에
종식되어 수많은 생명을 구하게 될 것이라는 사실만은 약속
할 수 있단다. 그 사실이 너에게 조금이나마 위로가 되었으면
좋겠구나."

부친의 말을 듣고 백의소녀는 약간 고개를 숙인 채 잠시 뭔
가 생각하는 것 같더니 이윽고 의자에서 일어나 천천히 부친
에게 걸어갔다.

선녀와도 같은 우아한 옷차림이지만 선녀보다 더 아름다
운 그녀이다.

물빛 긴 치마가 산등성이를 스치는 석양처럼 사륵사륵 바
닥에 끌렸다.

"소녀는 한 번도 아버님을 실망시켜 드린 적이 없어요. 이
후로도 그럴 것을 약속드리겠어요."

소녀 독고연지(獨孤蓮芝)는 평소보다 더 또렷하고 아름다
운 목소리로 노래하듯이 말했다.

＊　　　＊　　　＊

벽검궁은 제천방과 더불어 항주성을 중심으로 삼백여 리
일대 지역의 패권을 다투는 명문대파이므로 사시사철 궁을
찾아오는 손님들로 문전성시를 이룬다.

여름과 가을에는 묘시(卯時:아침 6시)에 전문을 열고 술시(戌

時:저녁 8시)에 닫지만, 일출이 늦고 일몰이 빠른 겨울과 봄에
는 진시(辰時:아침 8시)에 개문하여 유시(酉時:저녁 6시)에 폐문
하며, 하루에 전문을 통해서 출입하는 사람의 수효만도 자그
마치 천여 명에 달한다.

　어스름 여명이 터올 무렵, 단운비는 기진맥진한 채 벽검궁
전문 앞에 쓰러져 있었다.
　그는 항주 성내 대로변의 굴뚝을 끌어안고 한 시진 정도 눈
을 붙인 후에 깨어나 그 길로 벽검궁을 향해 출발했다.
　항주성 내에서 이곳 옥황산 기슭의 벽검궁까지 이십여 리
새벽길을 세 시진 동안 뼛속까지 오들오들 떨면서, 그것도 피
를 철철 흘리는 맨발로 걸어와서는 도착하자마자 쓰러져 버
린 것이다.
　쓰러진 채 이각 정도 숨을 고르면서 겨우 안정을 취한 그는
이윽고 힘겹게 몸을 일으켜 책상다리로 앉아 굳게 닫혀 있는
벽검궁 전문을 쳐다보았다.
　저 너머에 그의 신분을 확인해 줄 벽검궁주가 있다.
　확인만 되면 그는 한순간에 신룡문 소문주 천화공자의 신
분을 회복하게 될 것이고, 아울러 잘못됐던 모든 것이 제자리
를 찾을 것이다.
　단운비는 잠시 생각했다. 어떻게 해야 벽검궁주를 만날 수
있을까 하는 것이다.

잠시 후면 전문이 열리고 전문을 지키는 벽검궁의 무사들이 나올 것이다.

보나마나 그들은 단운비의 거지꼴만 보고는 말도 들어보지 않고 호통을 쳐서 내쫓거나 두들겨 팰 것이 분명하다.

보통의 방법으로는 결코 벽검궁주를 만날 수 없을 것이다.

그러나 도무지 방법이 생각나지 않았다.

문득 생각에 골몰하던 단운비는 쓴웃음을 짓고 나서 지그시 어금니를 악물었다.

'무슨 쓸데없는 걱정을! 나는 신룡문의 소문주 단운비가 아닌가! 있는 그대로를 보여주는 것이다!'

그는 내심 힘주어 외치고는 두 다리에 힘을 주어 천천히 일어섰다.

그궁!

벽검궁의 거대한 전문 두 개가 육중하고도 느릿하게 안쪽으로 열렸다.

이어서 일 개 분조(分組) 다섯 명의 수문무사(守門武士)가 전문 밖으로 위풍당당하게 걸어나오다가 가볍게 표정이 변했다.

"벽검궁주를 만나게 해다오."

활짝 열린 전문 밖 한복판에 웬 거지 중에서도 상거지 한 명이 우뚝 서 있는 것을 발견했기 때문인데, 그 거지는 무사들을 보더니 마치 빚쟁이가 빚 받으러 온 것 같은 말투로 대뜸 내뱉었다.

"뭐… 뭐냐, 네놈은?"

앞장선 분조장(分組長)은 하도 어이가 없어서 화를 내야 한다는 사실조차 잊은 채 말까지 더듬었다.

단운비는 가슴을 활짝 펴고 똑바로 분조장을 주시하면서 온몸에서 예의 파도 같은 기도를 뿜어냈다.

"얼씨구? 너, 똥마렵냐?"

그러나 안타깝게도 분조장은 육안(肉眼)은 있으되 심안(心眼)은 갖추지 못한 인물이라서 단운비의 기도를 똥이나 방귀가 마려운 것으로 판단했다.

탁!

"비켜라. 너희 같은 조무래기들과 실랑이할 시간 없다. 들어가서 직접 궁주를 만나야겠다."

단운비는 아예 한술 더 떠서 분조장의 어깨를 밀치며 전문 안으로 들어가려고 했다.

벽검궁이 개파를 한 지 올해로 장장 칠십 년이란 세월이 흘렀으나 이날까지 이따위 거지가 찾아온 적은 한 번도 없었다.

물론 이른 아침에 전문이 열리기를 기다리고 있다가 궁주를 만나야겠다고 당당하게 말하면서 전문을 지키는 수문무사를 밀치기까지 한 간 큰 거지는 더더욱 없었다.

그러므로 신룡문의 소문주답게 가슴을 활짝 펴고 '벽검궁주를 만나게 해다오' 라고 말한 거지가 무사할 수 있는 방법이란 전무했다.

이날 다섯 명의 무사들은 항주 지방의 명문대파 벽검궁이 얼마나 삼엄하며 호락호락하지 않은 곳인가 하는 것을 버릇없는 거지에게 똑똑히 가르쳐 주었다.

단운비는 정신이 아스라이 꺼져 가고 있는 것을 느꼈다.

또한 몸과 마음이 끝없는 수렁으로 꺼져드는 것을 느꼈고, 그 수렁의 밑바닥에 시커먼 죽음의 문이 활짝 열려 있는 것을 보았다.

천화공자에서 거지로 추락한 이후 난생처음 수많은 경험을 겪었던 그다.

하지만 지금처럼 자신의 몸과 정신이 거센 소용돌이 속으로 빨려들 듯이 죽음을 향해 가라앉는 경험은 생애에서 처음이자 마지막일 것이다.

그리고 그가 완전히 정신을 잃기 전에 마지막으로 떠올린 생각이 하나 있다.

죽음이라는 것은, 천화공자에게든 거지에게든 누구에게나 공평하다는 사실이다.

단운비는 당연히 죽었어야 했다.

무공을 익힌 무사 다섯 명이 비록 내공이 실리지 않은 주먹질과 발길질이었다고는 하지만, 오랜 무공 수련을 거친 그들의 주먹과 발은 흡사 돌덩이나 다름이 없어서 그것에 수십 대나 두들겨 맞아 온몸의 뼈가 부러지고 내장이 터진 단운비가 목숨을 부지한다는 것은 기적에 가까운 일이었다.

구타를 견디지 못한 단운비가 죽었다고 판단한 무사들은 그를 질질 끌고 가서 벽검궁 전문으로부터 오백여 장 떨어진 산비탈의 구덩이 속으로 간단하게 던져 버리는 것으로써 한 거지의 하늘 높은 줄 모르던 행동에 대한 응징을 마무리 지었다.

그리고는 이튿날 새벽부터 강남땅 항주에서는 십여 년 만에 처음 보는 눈이 내렸다.

그것도 펑펑 쏟아진 함박눈이었으며, 눈이 멈췄을 때 옥황산 전역은 반 자 두께의 눈이 수북하게 쌓여 있었다.

다른 계절과는 달리 겨울에는 산을 찾는 사람이 거의 없다. 아주 가끔 사냥꾼들이 산을 오르기는 하지만 단운비가 버려진 웅덩이 근처는 외진 곳이라서 아무도 오지 않는다.

설사 사냥꾼이 그곳을 지나쳤다고 해도 수북한 눈에 덮여 있는 단운비를 발견하지는 못했을 것이다.

아니, 백번 양보하여 발견했다손 치더라도 피투성이가 되어 혼절해 있는 거지를 당연히 죽었다고 판단했을 것이다.

설혹 한 가닥 숨결이 붙어 있는 사실을 확인했더라도 그를 데려다가 극진히 보살필 인정을 기대하는 것은 무리다.

그래서 단운비는 버려진 자세 그대로 손가락 하나 까딱하지 못한 채 무려 열흘이나 보내야만 했다.

그러나 그는 반드시 죽어야만 하는 세 가지 이유, 즉 무자비한 구타와 십육 일째의 긴 굶주림과 혹독한 추위 속에서 불가사의하게도 여전히 죽지 않고 한 가닥 가느다란 호흡을 이어가고 있었다.

그의 끈질긴 생명력에는 나름대로의 원인이 있다.

우선 그의 신체가 지독한 강골(强骨)이었기 때문이다.

아니, 차라리 무골이라고 하는 편이 옳았다. 전형적인 명문무가의 후예인 단운비가 부모에게서 물려받은 신체 역시 무골인 것은 당연한 일이다.

게다가 결정적으로 세 명의 숙부인 신룡삼협이 단운비가 십삼 세였을 때 벌모세수(伐毛洗髓)에다 탈태환골(奪胎換骨)까지 시켜주었다.

모든 무림인이 꿈에서조차 갈망하고 있는 벌모세수와 탈태환골을 그는 불과 십삼 세 때, 그것도 두 가지 모두 이루었던 것이다.

벌모세수와 탈태환골은 극상의 무공을 익히기 위해서 체질을 바꾸는 것을 일컫는다.

말 그대로 벌모세수는 온몸의 털을 뽑고 골수를 새로이 씻는 것이며, 탈태환골은 그때까지 지니고 있던 태를 벗고 전신의 뼈를 바꾸어 무공을 연마하기에 완벽한 무골로 재탄생하는 것을 뜻한다.

단운비는 선천적으로 부모의 무골을 이어받아 무골로 태어났는데, 거기에 벌모세수와 탈태환골까지 거쳤으니 그의 신체가 어떨는지는 미루어 상상할 수 있을 터이다.

십육 일 동안이나 아무것도 먹지 않은 단운비가 죽지 않고 견딜 수 있었던 이유는, 그를 납치하여 항주로 옮겨놓은 신비인이 먹였을 것이라고 추정되는 벽곡단 덕분이다.

사실 그가 복용한 벽곡단은 체내에서 오랜 동안 서서히 분해되도록 제조된 특별한 것이었다.

그래서 그것이 녹으면서 단운비가 아사하는 것을 막고 있었다. 어쩌면 그것은 신비인의 배려라고도 할 수 있었다.

단운비의 아주 특별한 신체는 그가 추위를 느낄지언정 그것 때문에 죽지는 않도록 해주었다.

더구나 그의 몸 위로 이불처럼 수북이 쌓인 눈이 오히려 방한(防寒) 역할을 해주어서 혹독한 추위가 엄습하는 것을 절반 이하로 감소시켜 주는 역할을 했다.

이렇듯 단운비는 죽을 수밖에 없는 세 가지의 극한 상황 속에서도 가히 기적적으로 목숨을 연명하고 있었다.

그리고 그는 열흘째 되는 날 한밤중이 돼서야 가까스로 정신을 차렸다.

그가 정신을 차린 곳은 그가 꿈속에서조차 돌아가기를 갈망하는 낙양 신룡문 자신의 거처인 비룡각이 아니라 집에서 수천 리나 떨어진 옥황산 어느 구덩이 안이었다.

그러나 살아 있다고는 하지만 그야말로 만신창이가 된 몸이라서 깨어난 직후에는 눈을 뜨기조차 힘들었고 손가락도 까딱할 만한 기력이 남아 있지 않았다.

그는 처음에 버려졌을 때 아무렇게나 구겨진 짐짝 같은 자세 그대로 깨어났다.

그러나 그는 그 상태에서 아무런 조치도 취할 수가 없었다. 만약 그대로 계속 시간이 흐른다면, 제아무리 벌모세수와 탈태환골을 거친 무골 아니라 무골 할아비라고 해도 결국은 죽을 수밖에 없을 것이다.

온몸이 아팠으나 그중에서도 왼쪽 갈비뼈가 욱신거리고 한쪽 다리와 어깨가 조각나는 듯이 아팠다.

아무래도 여러 군데 뼈가 부러진 것 같은데 싸움은커녕 맞아본 경험조차 없는 그로서는 그런 사실을 확인할 수가 없었다.

또한 온몸에 셀 수도 없이 많은 상처를 입은 것 같았지만 그 역시 어쩔 도리가 없는 상황이다.

몸을 조금이라도 움직일 수 있어야 어떻게든 해보기라도 할 텐데, 눈조차 떠지지 않으니 이대로 죽을 수밖에 없는 참담한 처지였다.

그런데 단운비는 갑자기 웃음이 치밀어 올랐다. 하지만 힘이 없어서 속으로만 웃었다.

　그러자 배가 미미하게 꿈틀거렸고, 가슴이 들썩이더니 목구멍이 간질거렸다.

　그러더니 웃음이 목구멍을 기어 넘어와 끝내 입 밖으로 흘러나왔다.

　"큭큭큭……."

　심장을 쥐어뜯는 듯 자괴감 어린 비참한 웃음이었다.

　이처럼 어이없고 참담한 상황에 처하고 나자 자신에게 언제 주지육림에서 허랑방탕하던 천화공자로서의 화려한 시절이 있었나 싶은 생각이 들었다.

　아니, 얼마 지나지도 않은 것 같은데 지금의 이런 생활이 자신의 진짜 인생이고, 신룡문에서 태어나고 자라며 천상천(天上天)의 무소불위한 권력과 풍요를 누렸던 천화공자로서의 생활은 자신의 인생이 아니었던 것처럼 여겨졌다.

　그리고는 뒤이어 나는 정말 이대로 거지가 된 채 아무도 모르는 곳에서 죽는 것이 아닌가 하는 절망감마저도 스멀스멀 피어올랐다.

　그렇게 죽는다면 그의 죽음을 아무도 알지 못할 것이다. 아마도 그의 시체는 눈이 다 녹은 후이거나 내년 봄쯤 백골이 된 상태에서 약초나 나물을 캐러 온 사람들에 의해서 발견될 것이다.

　지금과 같은 극한 상황에서도 단운비는 한 가지 사실을 확인할 수 있었다.

자신을 납치했을 것으로 추정되는 신비인이 줄곧 자신을 지켜보고 있을 것이라는 추측이 잘못됐다는 사실이다.

지금 단운비가 거의 죽어가고 있는 상황에서도 신비인은 모습을 드러내지 않고 있다.

그것은 아무도 그를 지켜보는 사람이 없다는 사실을 입증하고 있었다. 그는 철저하게 유기됐고 완벽하게 혼자인 것이다.

"크크큭큭……."

웃음소리가 조금 더 커졌다.

한밤중에 깊은 산중에서 흘러나오는 웃음소리는 심장을 조각내서 웃음과 함께 토해내는 듯했다.

심장 조각 하나하나에는 그의 방탕과 부귀와 무미건조했던 십칠 년 세월이 나누어져 담겨 있었다.

그는 가장 높은 곳에서 하룻밤 사이에 가장 낮은 밑바닥으로 추락해 버렸다.

이유가 무엇인지도 모른다. 그저 그는 처음부터 거지로 태어나 거지로 살아왔고, 그러다가 이곳에 버려진 채 죽어가고 있는 것이다.

'개보다 못하게 죽을 수는 없다!'

그러나 단운비는 웃음을 멈추고 부러질 정도로 거세게 어금니를 악물었다.

자학적인 웃음을 흘려내고 나니까 오히려 살아야겠다는

본능이 슬며시 고개를 쳐들었다.

만약 그가 신룡문의 소문주라는 신분으로 태어나지 않았더라면 정말 해야 할 일이 많았을 것이고 이루어야 할 일도, 되고자 하는 인물상도 많았을 것이다.

모든 이들이 부러워했지만, 그에겐 불행일 수밖에 없었던 신룡문 소문주라는 신분이었기에 그는 더 이상 이룰 것이 없었고 닮고 싶은 인물도 없었다.

하지만 지금은 다르다.

그는 달라져 가는 중이고, 확실히 달라졌다. 신분도 상황도 아주 철저하고도 빠르게 붕괴되어 가고 있다.

지금 이 산중 웅덩이 속에 누워서 죽지 않으려고 마음속으로만 몸부림치고 있는 것은, 사람들에게 길을 물어도 대답 대신 주먹질과 욕설을 받아야 하는 한낱 비천한 거지일 뿐이었기 때문이다.

지금의 그는 개도 쳐다보지 않을 거지인데다가 한 마리 벌레처럼 죽어가고 있는 중이다.

'으드득! 벽검궁……!'

그는 단 한 번도 지금과 같은 미칠 듯한 분노를 품은 적이 없었다.

그의 가슴속 밑바닥에 예리한 칼로 도려내어 새기는 듯한 싸늘한 것이 새겨지고 있었다.

원한이었다.

그로서는 느껴본 적도, 품어본 적도 없는 원한이라는 놈이 가슴속에 지워지지 않을 생채기를 내며 각인되고 있었다.

천하에서 가장 높은 곳에 있을 때는 아무도 그를 건드리지 못했거늘, 밑바닥에서 꿈틀거리는 지금은 그를 건드리지 않는 자가 없을 정도다.

거지도, 건달도, 단지 길을 물은 행인들도, 벽검궁의 무사들도 마주치는 자들마다 그를 짓밟았다. 아주 무참히.

으드득―

"나… 는 절대 죽지 않는다!"

또다시 다짐하는 그의 악문 어금니 사이로 이 갈리는 중얼거림이 새어나왔다.

그 중얼거림은 그를 이불처럼 덮고 있는 두툼한 눈 위로 흘러나갔다.

가슴속에 시퍼런 원한을 새겨 넣고, 머릿속에는 살아야 한다는 절절한 갈망을 심게 되자 그는 기이한 기분에 휩싸이게 되었다.

그것은 예전에는 한 번도 경험하지 못했던 기이한 기분이다. 마치 아주 차디찬 샘물이 정수리에서 샘솟아 가슴을 거쳐 아랫배로 흐르는 듯한 서늘한 느낌이었고, 그것이 머리를 맑게 해주고 온몸에 알 수 없는 기력을 불어넣는 것 같았다.

그래서 그는 얼음처럼 냉정한 상태에서 삶으로 향한 방법을 궁리하기 시작했다.

궁즉통(窮卽通), 궁하면 통한다고 했다.

'일단은 내 몸을 움직일 수 있게 만들어야만 한다.'

그것이 첫 번째 난제이며 당연한 순서다.

그러기 위해서는 무슨 방법들이 있으며 그중에서 가장 유효하게 적용될 만한 것이 무엇이 있는가를 그는 한참이나 골몰했다.

이 순간 일찍이 천재로 통했던 그의 머리와 지식이 빠르고도 원활하게 회전했다.

수십, 수백, 수천 가지 방법을 떠올렸다가 지우고 또 떠올렸다가 지웠다.

그러다가 어느 한순간,

'혹시 그 방법이라면?'

그리고 그는 마침내 하나의 방법을 생각해 냈다.

'뇌정심법(雷霆心法)이라면 가능하지 않을까?'

뇌정심법. 그것은 신룡문을 창건했던 단운비의 증조부가 창안한 심법으로써 오직 단씨 가문의 적통(嫡統) 후계자에게만 전수되는 비전 심법이다.

뇌정심법을 완벽하게 연공하고 나서야 역시 증조부가 창안한 가문의 최고 절학 적양대신력(赤陽大神力)을 연성할 수가 있다.

단운비의 부친은 적양대신력으로 강북무림 절대자의 위치에 올랐고, 오늘날 신룡문을 천하제일문의 반석 위에 올려놓았다.

‘뇌정심법이라면 탈진한 상태인 내게 일말의 기력이라도 채워주지 않겠는가.’

확신할 순 없다. 하지만 지금으로선 그 방법뿐이다. 그게 통하지 않는다면 절망의 골은 더 깊어질 것이다.

예전에 신룡문 단운비의 방에는 부친과 신룡삼협이 번갈아가면서 가져다 놓은 뇌정심법 비급과 적양대신력 비급뿐만 아니라, 한 가지를 익히는 것만으로도 무림에서 능히 일가를 이룰 수 있거나 일파지존이 될 수 있는 경천동지의 절학이 기록된 비급 수백 권이 먼지에 쌓인 채 다른 수천 권의 서책들 틈에 섞여 있었다.

부친은 단운비를 볼 때마다 먼지 쌓인 비급들을 손수 털어내면서 읽지 않는다고 그를 나무랐었다.

하지만 사실 단운비는 비급들을 가져다 놓기가 무섭게 순식간에 다 읽어 버렸었다.

그러나 그것은 단지 무공 비급의 내용이 흥미롭기 때문이라는 단순한 이유에서였을 뿐이지, 부친이 기대하는 것처럼 무공 자체에 흥미를 느낀 것은 결코 아니었다.

그가 읽은 무공 비급 한 권 한 권은 수만금을 주고도 살 수 없으며 목숨과도 바꿀 수 없는 가치를 지닌 것들이었다.

하지만 그에게 있어서의 무공 비급은 그가 읽었던 수만 권의 책들과 다름없이 별다른 의미를 갖고 있지 않았다. 그저 책이고 독특한 내용이다. 그래서 읽었을 뿐이다.

그리고 한 번 읽은 비급은 두 번 다시 손에 쥐지 않았고 눈에 띄지도 않게 치워 버렸다.

내용을 글자 한 자 틀리지 않게 모조리 외우고 이해했기 때문이다.

그러나 그런 사실을 까맣게 모르는 부친은 그가 언젠가는 무공에 흥미를 갖기를 희망했다.

예전에는 귀찮게만 여겨졌던 부친의 그 지겨운 배려마저도 이제는 못 견디게 그리운 단운비다.

그는 눈 속에 파묻힌 채 열흘 전에 버려진 그 자세 그대로 뇌정심법을 운기하기 시작했다.

단 한 번도 품어본 적이 없는 소생이라는 간절한 희원을 가슴속에 품은 채.

스으으—

옥황산 동녘으로 동이 터오기 일각쯤 전부터 구덩이 속 한 곳의 눈이 육안으로는 그 진행을 구별할 수 없을 정도로 아주 느릿하게 녹기 시작했다.

그러기를 얼마가 지났을까. 이윽고 엎드린 자세에서 뺨을 바닥의 누런 풀에 댄 채 흠뻑 젖은 단운비의 모습이 서서히 드러났으며, 그의 온몸에서 엷은 수증기가 무럭무럭 피어오르기 시작했다.

운공조식을 시작한 지 다섯 시진 만의 결과다.

뇌정심법의 '뇌정'은 말 그대로 천둥이고 벼락이다. 양공(陽功) 중에서도 극양심법(極陽心法)이다.

단운비는 뇌정심법을 운기하기 위해 단전에서 최초의 한 올의 기력을 일으키는 데에 거의 모든 시간을 할애해야만 했고, 그 노력은 거의 죽어가던 그를 더더욱 죽음 직전까지 몰아넣었다.

그의 신체가 무골이라고는 하지만 십육 일을 굶은데다 죽어야 마땅할 정도로 부상을 당한 상태였으므로, 진기라고 부를 수도 없는 기력, 즉 원기(元氣)를 일으키는 것은 이미 완전히 꺼진 모닥불을 되살리는 것보다 힘든 일이었다.

그러나 그는 결코 포기하지 않았다. 기력을 일으키다가 죽는 한이 있어도 온몸에서 한 방울의 기름을 짜내듯이 시도하고 또 시도했다.

그렇게 해서 천신만고 끝에 지푸라기 같은 원기 한 조각을 일으킬 수 있었다.

그리고 그것을 뇌정심법의 구결대로 임맥과 독맥에 소주천(小周天)시켰으며, 이후에는 전신의 사지백해, 기경팔맥으로 두루 보냈다가 거두는 대주천(大周天)을 연이어 쉬지 않고 행했다.

그 끊임없는 행위는 그가 하구촌의 움막 옆에서 깨어난 이후 지금까지 당했던 그 어떤 고통보다도 처절했지만 그는 끝

끝내 포기하지 않았다.

부친과 세 명의 숙부 신룡삼협이 그토록 애타게 원하던 무공 입문을 그는 신룡문으로부터 칠천여 리나 떨어진 외딴 산 구덩이 속에서 너무나도 처절하게 시작하고 있었다.

이 행위에는 색깔조차 선명한 목적이 있었다. 살아야 한다는 너무도 뚜렷한 목적이 바로 그것이었다.

최상의 신분인 천화공자였을 시절의 그는 스스로의 목숨이라는 것을 그다지 소중하게 여기지 않았다.

한데 최하의 거지라는 비천한 신분인 지금의 그는 자신의 목숨이 그토록 소중하게 여겨질 수가 없다. 참으로 묘한 반대 심리다.

그렇게 다섯 시진이 흘렀을 때 최초에는 지푸라기 한 올 같던 원기가 점차 기력으로 변했고, 그 기력은 실낱같은 실개천이 되어 그의 몸속에서 연약하지만 끊어지지 않고 맥맥이 흐르게 되었다.

그리고 영원히 일어나지 못할 것 같던 그가 두 팔로 바닥을 짚고 아주 느리고도 힘겹게 몸을 일으키기 시작했다.

그가 다섯 시진 동안 뇌정심법을 운기하여 얻어낸 것은 기껏해야 죽을힘을 다해야지만 가까스로 제 한 몸을 일으킬 수 있을 만한 겨우 한 움큼의 기력뿐이다.

태어나서 처음 해보는 운기치고는 대단한 성공이다. 그의 이런 모습을 부친이나 신룡삼협이 봤더라면 잘했다고, 아니,

기적이라고 박수를 쳐주었을 것이다.

원래 이런 극한 상황에서 운기를 해본 적이 없는 사람이 운기를 시도한다는 자체가 지나친 무리였고, 백이면 백 주화입마에 들어 참담한 죽음을 맞이해야 마땅했다.

한참 만에야 간신히 일어선 단운비는 몸을 일으키는 것보다 수십 배는 더 어려운 구덩이를 기어오르는 것에 도전했다.

주르르— 쿵!

기어오르다가는 굴러 떨어지고 또 기어오르다가 굴러 떨어지기를 이십여 차례, 기어코 그가 구덩이 밖으로 기어올라서 눈 위에 큰대 자로 벌렁 누웠을 때 옥황산 산등성이 너머로 솟아오른 태양이 찬란한 햇빛을 온 누리에 비추고 있었다.

"헉헉헉……."

단운비는 아무것도 생각하지 않고 가슴이 터져 버릴 것처럼 거친 숨만 몰아쉬었다.

그 아침의 햇살은 참으로 따스했다.

그리고 한 거지의 목숨은 참으로 끈질겼다.

＊　　　＊　　　＊

불꼬챙이는 낮에 다른 패거리의 거지에게 들었던 말 때문에 신경이 쓰여서 잠을 설치고 있는 중이다.

항주 성내 호중가(湖邊街)에서 건달 조직 흑사파 두령 살모사 일당에게 한 명의 불쌍한 거지소년이 호되게 봉변을 당하는 광경을 봤다는 불꼬챙이와 같은 또래 여자 거지의 장황하고도 과장된 설명을 들었을 때만 해도 그녀는 그 얘기를 그저 무심히 흘려 넘겼다.

그런데 어째서 시간이 지날수록 그 얘기가 그녀의 머릿속에서 뱅뱅 맴돌면서 떠나지 않고, 마치 몰래 밥을 훔쳐 먹다가 들켜서 체해 명치 끝이 쌔애하게 아린 것처럼 내내 그녀의 속을 끓이고 있는지 모를 일이다.

그런 괴이한 증상은 잠자리에 들었을 때까지 계속 그녀를 괴롭혔다.

"내 이름은 단운비. 북문 신룡문의 소문주다."

신룡문이 뭔지 자세히는 몰라도 '천하제일' 이라는 말과 같다는 것쯤은 불꼬챙이도 알고 있었다.

'바보 같은 놈! 사기를 치려면 좀 그럴싸하게 치던가.'

움막촌 거지들보다 훨씬 못한 거지꼴을 하고서도 자기는 거지가 아니라고 바락바락 우기던 웃기는 놈이었다.

'여기서도 호되게 맞았었는데……'

그런 놈은 어딜 가서도 맞을 것이다. 맞아도 죽을 정도로 맞을 게 분명했다.

거지면 거지답게 아무 때나 냉큼 무릎을 꿇고 머리를 조아리며 굽실거려야 마땅하거늘, 그놈은 뻣뻣해도 정말 지나치다 싶을 정도로 뻣뻣했다.

그뿐인가? 하는 말마다 반말이고 버르장머리라곤 참새 눈곱만큼도 없는 놈이었다.

십삼 일 전 밤, 이것저것 시시콜콜하게 묻던 단운비에게 불꼬챙이는 하품을 하면서 건성으로 대충 대답해 주고는 궁상그만 떨고 들어와서 자라고 말해준 후 움막으로 먼저 들어갔었다.

그리고 잠시 후 그가 온전하지 않은 더딘 발자국 소리를 내며 멀어지는 소리를 불꼬챙이는 움막 안에 누워서 들을 수 있었다. 하지만 그녀는 그를 붙잡지 않았다.

그것으로써 그에게서 느꼈던 낯선 귀족적인 인상이며 이방인적인 느낌, 그래서 어쭙잖으면서도 위험스럽게 품게 됐던 낯선 호감 비슷한 것을 머리와 가슴속에서 깡그리 지워 버렸다.

그 이후 그는 아마도 항주 성내로 갔던 모양이다. 대체 어쩌다가 흑사파 같은 저승사자들을 건드려서 얻어터지고 있었던 것인지……

'흥! 미친 자식! 죽어도 싸지!'

불꼬챙이는 내심 한 푼어치의 자비심도 아깝다는 듯 냉소를 치고는 이제 그런 녀석 걱정을 떨쳐 버리고 진짜로 자야겠다고 생각하며 자세를 편하게 고쳐서 누웠다. 그리고는 아마

설핏 잠이 든 것 같았다.

쿵!

불꼬챙이는 세 번 잠이 들었다가 깨고 네 번째 선잠이 들었다가 가까운 곳에서 뭔가 둔탁하게 쓰러지는 소리에 또 잠이 깼다.

순간 그녀는 반사적으로 거지 같지 않은 어떤 거지의 얼굴을 떠올렸고, 그 즉시 튕기듯이 벌떡 일어나 움막 밖으로 쏜살같이 달려나갔다. 지웠다고 믿었던 낯선 호감이 되살아난 모양이다.

그녀는 소리가 들려온 곳으로 정확하고도 빠르게 달려갔다. 쿵 소리가 들리는 순간 왜 반사적으로 단운비라는 놈이 생각났는지 생각할 겨를도 없었다.

그저 막연히 그 자식일 거라고 확신했고, 그가 몹시 다쳤을 것이라는 걱정만 앞섰다.

게다가 걱정은 또 무슨…….

第六章

오직 생존할 것

풍림화산

“그만 신경 끊어라. 그 자식은 죽은 거나 다름없어. 시체라구! 에이, 재수없어! 퉤!”

“불꼬챙아, 저 자식 움막 안에서 뒈지면 재수 옴 붙으니까 죽기 전에 어서 내다 버려라!”

“닥쳐! 아직 숨을 쉬고 있는 게 네놈들 눈에는 안 보여? 다시 한 번 그딴 소리 지껄이면 주둥이를 확 찢어버릴 테다! 당장 모두 나가!”

단운비는 줄곧 혼수상태였다가 아주 잠깐 깨어나 자신의 주변에서 시끄럽게 떠들어대는 거지들의 몇 마디 말을 아련하게 들으며 다시 혼절의 늪 속으로 빠져들었다.

그것은 정말 진저리쳐지도록 무서운 악몽이었다. 꿈속에서의 그는 사람이 아니었다.

더러운 두엄 속에서 꿈틀거리는 한 마리 징그러운 지렁이였다가 닭에게 쪼여서 여러 토막으로 찢겨지며 결국은 잡아먹혔다.

그런데 그다음에는 다시 개구리가 돼서 뱀에게 한입에 삼켜졌으며, 그다음에는 살찐 돼지로 변해 잔인하게 도살당한 뒤 뼈와 살이 부위별로 고루 베어지고 잘려져서 식탁에 올려졌다.

그런데 더더욱 끔찍한 것은 온몸이 수백 조각으로 잘려져서 요리가 되고 사람들의 입속에 들어가 씹혀지는 상황인데도, 그는 여전히 죽지 못한 상태에서 자신의 몸이 잘리고 삶아지고 씹히는 고통을 너무도 생생하게 느껴야만 했다는 것이다.

"끄아악!"

그는 현실보다 더 생생한 고통과 공포심 때문에 몸부림치면서 처절한 비명을 질러대며 여러 차례나 죽었다가 다시 환생하기를 반복했다.

잠에서 깨어나지 못한다면 그런 끔찍한 환생은 언제까지나 계속될 것처럼 여겨졌다.

그리고 언제부터인가는 꿈속에서 당하고 있는 지금 당장

의 고통보다도 이후 억천만겁(億千萬劫) 동안 반복될 윤회생사(輪廻生死)가 더더욱 공포스러웠다.

불가에서는 사람이 죽으면 살아생전에 이승에서의 업에 따라서 선업(善業)한 사람은 육도(六道) 중에서 천상과 인간으로 환생하지만, 악업(惡業)을 쌓은 사람은 지옥, 아귀(餓鬼), 축생(畜生), 아수라(阿修羅)로 떨어진다고 했다.

꿈속에서의 단운비는 그중에서 계속 축생으로 환생했다가 죽기를 반복하고 있었다.

"이봐, 왜 그래? 무서운 꿈이라도 꾸는 거야?"

단운비는 한 점의 삶은 돼지고기가 되어 누군가의 이빨에 의해 오랫동안 잘근잘근 씹혀진 후 위장 속으로 쏟아져 들어가 허우적거리고 있었는데, 그때 자신을 씹어 먹은 사람의 목구멍 밖에서 약간은 귀에 익은 음성이 아련하게 들려왔다.

그 순간 그는 억겁으로 이어질 것 같던 악몽에서 마침내 깨어났다. 그 목소리는 구원이었다.

"흐아악!"

단운비는 심장이 목구멍 밖으로 튀어나올 듯한 처절한 비명을 터뜨리면서 두 팔을 허우적거리며 번쩍 두 눈을 떴다.

"헉헉헉헉."

그는 얼굴과 온몸이 물에 빠진 것처럼 온통 땀투성이였고 쉬지 않고 몇십 리 길을 몇 시진이나 달려서 허파가 금방이라도 터질 것처럼 거친 숨을 몰아쉬었다.

“나쁜 꿈을 꿨구나? 걱정 마. 여긴 하구촌이야.”

나직하고 부드러운 여자의 음성과 함께 헝겊 하나가 단운비 얼굴의 땀을 매만지듯이 부드럽게 닦아냈다.

단운비는 계속 헐떡거리면서 몇 차례 눈을 껌뻑거렸다. 한번 눈을 껌뻑일 때마다 안개가 걷히며 조금씩 선명하게 눈앞이 맑아졌고, 방금 전의 공포가 거짓말처럼 빠르게 사라져 갔다.

그리고 가장 먼저 시야에 들어온 것은 때가 잔뜩 낀 얼굴에 걱정스러움을 띠고 자신을 굽어보고 있는 한 여자 거지의 얼굴이었다.

단운비는 바짝 마른 메마른 입술로 더듬거렸다.

“불… 꼬챙이?”

“그, 그래, 나 불꼬챙이야. 너… 정말 살아났구나.”

다른 모든 거지들이 그가 소생하면 손에 장을 지진다는 등 재수 옴 붙기 전에 내다가 버리라는 등 하나같이 그의 죽음을 장담하고 악담을 퍼부어댔을 때에도 불꼬챙이는 주먹을 움켜쥐고 악을 쓰며 단운비의 소생을 외쳐 댔었다.

그러나 그녀의 외침은 간절한 바람일 뿐이지 결코 신념 같은 것은 아니었다.

단운비의 기적적인 소생에 불꼬챙이는 걷잡을 수 없이 눈물을 흘리면서 기쁜 표정을 감추지 않았다.

사실 그녀는 단운비에게 남다른 관심이나 정을 갖고 있지 않았었고, 그런 것을 가질 만한 시간이나 기회도 없었다. 단지 이상한 거지에게 약간의 호감을 품었을 뿐이다.

그런 의미에서 지금 그녀가 흘리고 있는 눈물과 기쁨은 아주 순수하며 단순한 의미를 지니고 있었다.

아주 잠깐 스쳐 간 거지 같지 않은 거지가 그토록 학대를 받고 홀연히 떠났음에도 불구하고 죽어가는 순간에 다시 자신을 찾아왔다는 사실이 그녀에게 얼마 정도의 감동을 주었다.

그리고 그녀가 극진하게 돌보는 가운데 단운비는 거의 숨이 끊어져 저승의 문턱을 넘어가고 있다가 그녀의 바람을 저버리지 않고 기적적으로 소생해 주었다.

그녀는 많은 거지들의 죽음을 지켜봐 왔지만 단운비처럼 극적으로 삶과 죽음의 경계를 넘나들었던 사람은 일찍이 본 적이 없었다. 그것이 또 메마른 그녀의 가슴에 감동을 더해주었다.

그래서 기억에도 아련할 정도로 오랫동안 눈물을 흘려보지 않았던 그녀가 감동의 눈물을 흘리고 있는 것이다.

단운비는 두 눈을 뻔히 뜨고 얇은 나무판자를 잇대어 만든 움막의 낮고 지저분한 천장을 한동안 응시했다.

'꿈이었어……'

천하의 온갖 고서에 통달한 그가 불가의 윤회를 모를 리 없었다.

'축생이라니……'

꿈속에서의 고통은 깨끗이 사라졌지만, 공포가 완전히 사라지지 않고 자신의 주변에 잔잔히 떠돌고 있는 것을 그는 느꼈다.

'내 십칠 년의 삶이 그토록 악업이었던가?

단 한 번도 자신의 삶이나 생활 방식에 대해서 잠시 동안이라도 진지하게 생각해 본 적이 없는 그는, 저승의 문턱에서 꾼 한낱 꿈 때문에 자신을 돌아보며 망연자실하고 있었다.

'혹시 그 꿈은 내게 무엇인가를 암시하려는 것은 아니었을까?

불꼬챙이는 아무 말도 하지 않고 그저 눈물을 흘리면서 물끄러미 단운비를 굽어보았다.

그녀는 단운비의 동공이 활짝 열려 있고 상하좌우로 부지런히 움직이는 것을 보면서 그가 몹시 복잡한 생각에 빠져 있다는 것을 깨달았기 때문에 그의 상념을 방해하지 않고 가만히 지켜보기만 했다.

이윽고 쉴 새 없이 구르던 단운비의 동공이 멈추더니 불꼬챙이의 꾀죄죄한 얼굴로 향했고, 이어서 힘없이 중얼거렸다.

"나… 갈… 곳이… 없었어……."

그 말이 또 불꼬챙이의 가슴을 잔잔하게 흔들었고, 눈물샘을 터뜨리게 하고 말았다.

그녀는 때가 끼고 터서 갈라진 장작개비 같은 손을 뻗어 마치 어린 동생을 어르듯 단운비의 머리카락을 부드럽게 쓰다듬으며 자신이 보기에도 어색할 듯한 미소를 머금었다.

"그래, 잘 왔어. 이제부터는 내가 널 보살펴 줄게. 아무것도 걱정하지 마. 응?"

단운비는 고맙다는 말을 하지 않았다. 그 대신 입가에 아주 엷은 한줄기 미소를 머금었다.

그 순간 불꼬챙이는 그 미소를 보고 그것이 수만 마디 말보다 더 가슴에 와 닿는 것을 느꼈다.

그녀는 태어나서 한 번도 경험해 본 적이 없는 무언의 대화와, 그와 유사한 몇 가지 기묘하고 신비로운 감정들을 단운비라는 소년의 출현과 함께 체험하고 있는 중이다.

그 직후 단운비는 다시 혼절했는데, 그의 얼굴에는 거지가 된 이후 처음으로 아주 편안한 표정이 흐릿하게 떠올라 있었다.

그리고 그때부터 불꼬챙이는 단운비를 더 이상 버르장머리없고 건방진 놈이라고 생각하지 않았다.

"우리 하구패에 들어왔으면 당연히 일을 시켜야지. 다 나았는데도 매일 자빠져 누워 있는 꼴은 절대 못 본다!"

"평소에 흑곰 왕초가 일하지 않는 놈은 먹지도 말라고 했잖아! 네가 아무리 흑곰 왕초 여동생이지만 그걸 어기는 건 봐줄 수 없다!"

"걸을 수만 있으면 오늘부터라도 데리고 나가자! 얼굴이

희어멀끔하고 반반한 놈은 구걸도 잘하려는지 벌써부터 기대
되는군그래."

"니들, 눈깔이 있으면 똑똑히 봐! 일어나지도 못하는 사람
에게 어떻게 구걸을 시키라는 말이야?"

단운비는 누워 있다가 움막 밖에서 어수선하게 들려오는
거지들의 거센 원성과 불꼬챙이의 왠지 힘없는 듯한 항변을
들었다.

단운비가 벽검궁 근처 웅덩이에서 기어올라 온 후 꼬박 하
루 하고도 반나절 동안 걷고 쓰러지기를 반복한 끝에 마침내
하구촌에 당도하여 기진맥진 쓰러지고 나서 어느덧 보름이
흘렀다.

쓰러진 지 사흘 만에 움막 안에 누워 있다가 정신을 차린
그는 또 혼절해서 이틀 후에 다시 깨어난 후 그때부터 겨우
불꼬챙이가 떠 넣어주는 멀건 쌀죽을 받아먹을 수가 있었다.

그것은 그가 개봉의 취봉각에서 기녀들이 먹여주던 기름
진 진수성찬 이후 이십 일 만에 먹어보는 최초의 음식이었다.

그는 손가락 하나 움직일 수 없는 처지였기 때문에 불꼬챙
이가 그의 대소변까지 받아내야만 했다.

그는 온몸이 조각조각 부서질 듯 고통스러웠고 머리가 터
져 버릴 것처럼 혼란한 상태였지만 남이 자신의 치부를 만지
고 들추면서 대소변을 처리하는 것은 결코 용납할 수 없었다.

처음에는 눈을 부릅뜨기도 하고 애써 소리를 지르기도 했

으나, 멀건 쌀죽이라도 먹고 있는 이상 배설을 하지 않을 수
가 없는 상황이다. 그게 싫으면 하루라도 빨리 몸이 회복되는
길밖에 없었다.

만약 불꼬챙이가 대소변을 처리해 주지 않는다면 그가 누
운 자리는 물론 움막 안은 며칠이 지나지 않아서 똥오줌으로
범벅되어 측간을 방불케 될 것이다.

'불꼬챙이는…….'

문득 그는 잠시 불꼬챙이의 입장을 생각해 보았다. 그가 태
어나서 누군가의 입장을 생각해 보는 것 또한 그때가 처음이
었다.

불꼬챙이는 단운비의 혈족도 아니었고 하녀도 아니었으
며, 그가 이날까지 그래 왔던 것처럼 돈으로 부릴 수 있는 숱
한 사람 중 한 명은 더더욱 아니다.

단운비 자신과 아무런 이해관계도 없는 그저 천박한 거지
여자일 뿐이다.

그는 하구촌 움막 근처에서 처음 깨어나 잠결에 욕설을 터
뜨렸고, 불꼬챙이가 찬물을 끼얹으면서 싸움이 벌어졌었다.
굳이 인연이라고 한다면 그게 시작이었다.

그 이후 단운비가 거의 다 죽어가면서 다시 찾아와 쓰러진
것을 불꼬챙이는 그 어쭙잖은 인연 때문에 그를 극진히 돌보아
소생시켜 주었으며 기꺼이 똥오줌까지 받아내고 있는 것이다.

그래서 단운비는 난생처음 누군가에게 고마움이라는 것을

아련하게 느끼기 시작했고, 그때부터 그녀가 하는 대로 내버려 두었다.

지금의 단운비에겐 불꼬챙이뿐이다. 그녀가 그의 전부라고 할 수 있다.

만약 그녀가 단운비를 돌보는 일을 포기한다면 그는 죽거나 그와 비슷한 상황에 처해질 수밖에 없는 상황이다.

그렇다고 단운비는 그녀가 무슨 대가나 나쁜 목적을 품고 자신을 돌본다고는 추호도 생각하지 않았다.

그렇게 여러 날이 지나면서 두 사람 사이에는 말로는 설명하기 어려운 묘한 유대감과 친밀감이 싹텄다.

단운비는 누워 있는 동안에도 쉬지 않고 끊임없이 뇌정심법을 운기했다.

마치 그것만이 생존을 위한 유일한 돌파구인 것처럼 줄기차게 운기하고 또 운기했다.

잠은 하루에 한 시진이나 두 시진만 잤다. 심법을 운기하는 동안에는 졸리지도 피곤하지도 않았다. 그리고 느리지만 아주 조금씩 몸이 나아지고 있는 것을 느꼈다.

슥—

불꼬챙이는 조심스럽게 움막 안으로 들어서면서 늘 그랬던 것처럼 단운비부터 쳐다보았다.

그는 눈을 감고 자는 것처럼 보였지만 실은 운기 중이었다.

그녀는 단운비가 죽을 먹을 때를 제외하곤 늘 자거나 혼절해 있는 것으로 여겼다.

그래서 그가 아직도 여전히 꼼짝할 수 없는 몸 상태라고 생
각했다.

그녀는 단운비의 옆에 단정하게 무릎을 꿇고 앉아 이제 웬
만큼은 숙달된 동작으로 그의 누더기 바지를 천천히 아래로
끌어내렸다.

단운비는 움직이지 않고 가만히 있었다. 지금의 그에겐 수
치심마저도 사치다.

그의 머릿속에는 수치심보다 더 중요하고 시급하며 복잡
한 생각들로 가득 채워져 있다.

바지가 허벅지까지 내려지자 사타구니에 채워놓은 흰 면
으로 만든 꾀죄죄한 기저귀가 나타났다.

그것을 벗겨내자 축 늘어지고 냄새 나는 음경이 드러났지
만 불꼬챙이는 그것에는 시선조차 주지 않고 기저귀를 펼쳐
서 확인했다.

그 음경의 주인이 강북 땅에서는 천화공자라고 불리는 색
광이었다는 사실을 그녀는 까맣게 모를 터이다.

기저귀에는 소변도 대변도 묻어 있지 않고 깨끗했다. 그녀
는 기저귀를 다시 사타구니에 채우고 조심스럽게 바지를 다
시 입혀주었다. 그러는 그녀의 동작 하나하나에는 정성이 배
어 있었다.

할 일을 마친 그녀는 단운비 옆에 단정히 앉아서 물끄러미

그의 얼굴을 굽어보았다.

단운비의 얼굴은 처음의 희고 뽀얗던 것과는 달리 어느덧 때가 더덕더덕 끼어 꺼멓고 더럽게 변해 있어서 하구촌의 여느 거지와 다를 바 없는 모습이 되었다.

한 달이 넘도록 목욕은커녕 세수 한 번 한 적이 없으니 당연했다.

그 즈음의 그는 점차로 진짜 거지가 되어가는 중이었지만 그는 조금도 개의치 않았다. 그의 관심사는 오직 '생존' 뿐이었으므로.

그때 단운비가 천천히 눈을 떴기 때문에 불꼬챙이는 가볍게 안색이 변하더니 그가 움막 밖에서의 대화를 들었을 것이라고 여기고는 씁쓸히 입을 열었다.

"그 자식들 말하는 거 조금도 신경 쓸 거 없어. 내가 있는 한 넌 일하지 않아도 돼. 편히 누워 있어."

"나는 낙양에 가야 돼."

그녀의 말과는 거리가 먼 내용의 말을 단운비가 불쑥 뱉어내자 불꼬챙이는 가볍게 어이없는 표정을 지었다가 잠시 후에 조용히 대답했다.

"가는 건 말리지 않겠는데 그러려면 돈이 필요할 거야."

그녀는 그가 낙양에 왜 가려 하는지 묻지 않았다.

"돈을 어떻게 구하지?"

돈을 펑펑 쓸 줄만 알았지 벌어본 적이 없는 단운비다.

"구걸해야지."

"……."

간명한 대답에 단운비는 할 말을 잃고 말았다.

신룡문으로 돌아가기 위해서는 돈이 필요하고, 돈을 구하려면 구걸을 해야 한다. 거지가 돈을 벌자면 그 방법뿐이다. 간단하다.

구걸이라…….

그 말의 뜻은 알지만 외출 시에는 항상 호화 마차나 연(輦: 가마) 따위를 탔던 그로서는 거지가 구걸하는 광경을 구경조차 해본 적이 없었다.

불꼬챙이는 잠시 뭔가 생각하다가 다시 입을 열었다.

"내게 몇 년 동안 푼푼이 모아두었던 삼십 냥 정도가 있어. 그걸 줄 테니 보태 써."

단운비는 삼십 냥이 얼마쯤의 가치가 있는 돈인지 정확하게 알지 못했다.

예전의 그는 불꼬챙이가 평생 만져 보기는커녕 구경해 본 적도 없을 금원보나 은원보 따위는 무거워서 직접 지니고 다니지도 않았다.

그 대신에 두툼한 전표 책(錢票冊:수표 책)을 품속에 넣고 다녔다.

그리고는 필요할 때마다 전표에 액수를 기입하여 사용했다. 그가 돈을 쓰는 최소 단위는 황금 백 냥 이상이었다.

물론 그가 화폐의 가치를 모를 리 없다. 다만 지금의 그는 뭔가 큰 착각을 하고 있었다.

불꼬챙이가 말하는 것은 구리돈 삼십 냥인데 그가 받아들인 의미는 금전(金錢), 즉 황금 삼십 냥이라는 차이가 있었다.

불꼬챙이가 몇 년씩이나 모은 돈이라니까 당연히 금전이라고 판단해 버린 것이다.

슥—

"돈을 줘. 떠나야겠어."

손가락 하나 까딱할 수 없을 것처럼 보이던 단운비가 거뜬히 상체를 일으키며 말하자 불꼬챙이는 화들짝 놀랐다.

"너… 몸은 괜찮아? 그래서 지금… 간다는 거야?"

아쉬움도 아니고 슬픔도 아닌 기묘한 감정이 불꼬챙이의 가슴속에서 작게 소리를 내며 흘렀다.

"응."

단운비는 결단을 내린 이상 한시도 지체할 수 없다는 듯 움막 밖으로 나가면서 짧게 대꾸했다.

누워 있는 동안 꾸준히 뇌정심법을 운기한 그는 겨우 걸을 수 있을 정도가 됐지만 완쾌되려면 아직 까마득한 상태였다.

"그런데 삼십 냥으로 되겠어?"

불꼬챙이는 그를 뒤따라 나오며 물었다.

"해봐야지."

단운비는 그녀의 물음을 오해했다. 그녀의 말이 돈의 액수를 의미하는 것에 반해서 그는 방법을 묻는 것이라고 생각한 것이다.

"어떻게?"

단운비는 탁마하 냇가에 서서 냇물을 응시했다.

"여기가 항주니까 일단 남경(南京)까지 오백여 리는 튼튼한 말을 한 마리 사서 북상했다가 그곳에서 배를 한 척 빌려 장강(長江)을 거슬러 오를 거야."

"남경까진 굉장히 멀 텐데……. 게다가 말을 사고 배를 빌린다는 것은……."

그녀는 삼십 냥으로는 종이로 만든 말이나 배 정도는 빌릴 수 있을 것이라고 생각했다.

게다가 그녀는 태어나서 항주 경내를 벗어나 본 적은 없지만, 남경이 얼마나 먼 곳인지는 잘 알고 있었다.

빠른 말로 쉬지 않고 달려도 하루 반나절이나 걸린다고 들은 기억이 있다.

반면에 단운비는 희망과 기대에 부푼 표정이다. 아마도 지난 며칠간의 고생이 막심했으므로 반사적인 심리가 작용했을 터이다. 그는 들뜬 어조로 자신의 생각을 설명하는 일에 심취했다.

"배로 남경을 출발하여 무창(武昌)까지 삼천여 리를 거슬러 오른 후 그곳에서부터는 북에서 흘러내려 와 장강과 합류하는 한수(漢水)를 거슬러 오르는 거야. 그렇게 천오백여 리가량

오르다 보면 단강구(丹江口)라는 곳이 나오는데, 거기서 다시 절천강(淅川江)이라는 작은 강으로 바꾸어서 오백여 리 정도 더 거슬러 오르면 그곳에서 낙양까진 불과 이백오십여 리밖에 안 되는 거리지. 하하! 틀림없이 좋은 여행이 될 거야!"

그는 명랑한 웃음을 터뜨리기까지 했다. 그의 계획과 이론은 논리정연했고 또 간단했으며 다분히 설득력도 있는 것처럼 들렸다.

그는 말하는 중에 자신이 한 달 보름 후쯤이면 낙양 신룡문에 당도할 수 있으리라는 자신감마저도 들었다.

어릴 때부터 많은 호위고수들에게 둘러싸여 천하 곳곳을 숱하게 유람했으며, 천문지리에 통달한 그였으므로 경험이 없을 뿐이지 천하의 지리와 지명, 기후 등 잡다한 것에 대해서 훤했다.

단운비는 신룡문에 도착한 후에 잠시 쉬며 몸을 추슬렀다가 시간을 내서 다시 이곳 항주의 하구촌에 한번 다녀갈 생각을 갖고 있었다.

그래서 불꼬챙이가 자신에게 베푼 온정에 충분한 보답을 해주고 싶었다. 그것은 말 그대로 보답일 뿐 별다른 의미는 아니다.

그녀가 단운비의 뜻에 따라준다면 신룡문으로 데려가서 까무러칠 정도의 호사를 누리게 해줄 것이다.

그러나 따르지 않는다면 이곳 항주에서 대부호 소리를 들으면서 평생 떵떵거리면서 살 수 있도록 여러모로 배려해 줄 작정이다.

그러나 그는 불꼬챙이에게 아무 말도 아무 약속도 하지 않았다. 그는 원래 말부터 앞서는 성격이 아니다.

일곱 살 때부터 친오빠인 흑곰과 함께 거지 생활을 해온 불꼬챙이는 온갖 경험이 풍부하다는 점에서 단운비와는 천양지차였다. 그러므로 그녀의 생각은 단운비와 크게 다를 수밖에 없다.

단운비가 고작 구리돈 삼십 냥으로 낙양까지 가려고 하는 계획은 코끼리를 손바닥만 한 접시 위에 올려놓고 춤을 추게 하려는 것보다 더 황당무계하다는 것이 경험이 많은 그녀의 판단이었다.

하지만 돈의 가치를 제대로 모른다는 점에서는 불꼬챙이도 단운비나 마찬가지였다.

그러나 그 이유는 각기 달랐다. 단운비는 워낙 큰돈만 써봤기 때문이고, 불꼬챙이는 잔돈푼조차도 거의 써본 적이 없었기 때문이다.

다만 경험상으로 단운비의 계획이 무모할 것 같다는 생각이 든 것이다.

"돈을 다오. 가겠다."

단운비가 재촉하자 불꼬챙이는 지난 몇 년간 꼬박꼬박 모아둔 삼십 냥을 가지러 가며 말했다.

"기다려. 나도 같이 가야겠어."

불꼬챙이는 지금 단운비에게 필요한 것이 뼈아픈 체험이라는 결론을 내렸다.

*　　　*　　　*

벽류검옥(碧流劍玉) 예소약(芮昭葯)은 커다란 태사의에 앉아 서릿발 같은 표정으로 돌계단 아래를 쏘아보았다.

그녀의 얼음 가루를 흩뿌려 내는 것 같은 싸늘한 눈길이 멈춘 곳에는 한 명의 건장한 장한이 마혈이 제압된 상태로 죄인처럼 무릎을 꿇고 그녀를 향해 앉혀져 있었다.

그리고 장한의 좌우와 뒤쪽에는 푸른 벽의 경장 차림의 검수 수십 명이 삼엄하게 버티고 서 있었다.

꿇어앉은 장한의 이름은 엄여. 벽검궁과는 견원지간인 제천방 적혼당주라는 신분을 갖고 있다.

그는 오른쪽 가슴에 심각한 검상을 입은 상태로 항주에서 백여 리나 떨어진 어느 산촌의 민가에서 검상을 치료하고 있던 중에 느닷없이 들이닥친 벽검궁 소궁주 벽류검옥 예소약과 십여 명의 검수들에 의해 사로잡혀서 이곳으로 압송되었다.

적혼검 엄여 앞에는 한 벌의 피 묻은 흑의 야행복이 어지럽게 흩어진 채 놓여 있었다.

그것은 그가 보름 전 야밤에 귀신처럼 벽검궁에 잠입하여 홍월당주를 암살하고 도주할 때 입었던 옷이고, 도주하다가 항주 성내 대로에서 예소약 등에게 걸려 일 초식을 나누는 중에 그녀 의 검에 오른쪽 가슴을 찔렸기 때문에 옷에 피가 묻은 것이다.

"엄여! 증거가 명명백백하거늘 네놈이 홍월당주를 암살했 다는 사실을 부인하겠느냐?"

이윽고 입을 연 예소약의 호령은 추상같았다.

엄여는 입에서 뿐만 아니라 며칠간 열심히 치료한 끝에 겨 우 아물었던 검상이 터진 오른쪽 가슴에서도 피를 콸콸 흘리 면서 고통을 참느라 어금니를 악물고 있었다.

중상을 입은 그가 자신이 속한 제천방으로 돌아가지 않은 이유는 자신이 저지른 일이 빌미가 되어 자칫 항주의 두 거 파(巨派)가 싸움을 벌이게 될 것을 우려했기 때문이다.

"부인한다면 너를 제천방주 면전에 끌고 가서 엄중히 따지 는 수밖에 없겠지!"

예소약의 말에 엄여는 몸을 한차례 부르르 떨었다.

그녀가 엄여를 제천방으로 끌고 가겠다는 말인즉, 제천방 에 선전포고를 하겠다는 뜻이나 다름이 없다.

엄여에게 있어서 제천방은 고향이나 다름이 없었고, 오늘 날의 그를 있게 해준 고마운 곳이며 제천방주는 아버지와 같 은 사람이다.

그런 제천방에 보답을 하진 못할지언정 벽검궁과 전쟁을 벌이게 할 수는 없는 노릇이다.

“내가 귀 궁의 홍월당주를 죽인 것은 내 사사로운 원한 때문이지 본 방은 아무런 연관이 없소! 내가 한 짓을 인정하고 벌을 달게 받겠으니 쓸데없이 일을 확대시키지 마시오!”

엄여는 예소약을 똑바로 주시하며 사내답게 당당히 말했다. 사랑에 눈이 멀어서 순간적으로 살인을 저질렀지만 그는 사내대장부가 틀림없었다.

“죄를 인정한다면 마땅히 죽어야지.”

예소약은 냉정하게 잘라 말했다.

그녀 역시 제천방과의 싸움은 원하지 않는다. 두 마리 맹호가 사생결단을 낼 각오로 싸우면 결국에 한 마리는 죽겠지만 살아남은 한 마리도 심한 중상을 입게 될 것이다.

맹호들이 죽고 다치면 당연히 늑대들과 여우들이 날뛰게 될 것이고, 산의 질서는 무너지고 만다.

“담성.”

문득 예소약은 엄여 뒤쪽에 장승처럼 서 있는 담성을 나직이 불렀다.

“하명하십시오!”

담성은 기다렸다는 듯이 엄여 앞으로 나와 돌바닥에 한쪽 무릎을 꿇고 예소약에게 정중히 고개를 숙였다.

담성이 누군가.

벽검궁 홍월당 휘하 다섯 명의 향주 중 한 명인 그는 직속 상관인 당주를 엄여에게 암살당한 지 반 시진 후에 같은 고향

친구인 전광을 또다시 엄여에게 잃었다.

　그러므로 엄여에 대한 그의 원한이 바닷물처럼 깊을 것은 당연지사다.

　"엄여를 처단하라."

　예소약의 명령은 단호했다. 그녀는 담성에게 엄여를 처단하게 함으로써 수하에 대한 배려를 아끼지 않았다.

　스릉—

　담성은 두 눈에서 날카로운 안광을 뿜으면서 일어나 느릿하게 어깨의 검을 뽑으며 엄여를 향해 빙글 몸을 돌렸다. 마치 제단 앞에서 의식을 행하듯 엄숙한 동작이다.

　담성이 엄여를 쏘아보면서 검을 머리 위로 묵직하게 치켜들자 엄여는 담담한 표정으로 담성을 쳐다보다가 체념한 듯 고개를 숙였다.

　이 순간의 그가 바랄 수 있는 작은 희망이 하나 있다면 단칼에 깨끗하게 죽음을 맞이하는 것뿐이다.

　그래서 그는 방금 전에 담성을 응시하던 눈빛에 그 희망을 담았었다.

　파앗!

　순간 한줄기 검광이 허공에 긴 반월을 그리는가 싶더니 엄여의 목을 스쳤다.

　처절한 비명 소리도 없었고 고통은 찰나지간에 피었다가 스러졌다.

엄여는 여전히 앉아 있었는데 그의 목에는 가로로 굵은 혈선(血線) 한 줄이 그어져 있었다.

철컥!

담성이 검을 검실에 꽂을 때, 엄여의 목에 그어진 혈선의 윗부분에서 푸악! 하고 피분수가 뿜어지면서 머리통이 기우뚱하더니 바닥에 뚝 떨어졌다.

수급은 데구루루 반 장쯤 구른 후에 멈췄는데 잘려진 목 부분을 바닥에 대고 똑바로 우뚝 선 모습이었다.

두 눈을 잔뜩 부릅뜨고 어금니를 악다물었으며 얼굴에는 조금의 공포도 떠올라 있지 않았다.

담성은 엄여가 자신을 응시하던 눈빛을 읽었다. 엄여가 사내라면 담성도 사내다. 그래서 고통없이 단칼에 엄여의 목숨을 끊은 것이다.

"약아, 너는 저자가 암살범이라는 사실을 어떻게 알아냈느냐?"

담성이 깊숙이 허리를 굽힌 후에 원래의 제자리로 물러나고 있을 때, 예소약의 옆 크고 화려한 태사의에 앉아 있던 그녀의 부친 벽검궁주 벽풍검웅(碧風劍雄) 예강조(芮降祖)가 약간은 궁금하다는 표정을 지으면서 넌지시 예소약에게 물었다.

"이걸 보세요, 아버님."

예소약은 품속에서 고이 접은 종이를 정성껏 펼쳐서 부친에게 공손히 내밀었다.

"호오, 이럴 수가! 정말 똑같군!"

종이에는 엄여의 얼굴이 거의 완벽하게 그려져 있어서 예강조는 돌바닥에 오뚝이처럼 서 있는 엄여의 수급과 종이의 초상을 번갈아 비교하면서 감탄을 터뜨렸다.

"이 초상을 그린 사람이 결정적인 역할을 했구나. 물론 너는 그에게 적절한 보상을 해줬겠지?"

사십삼 세의 나이에 둥글넓적한 얼굴, 약간 작은 듯한 키에 다부진 몸매, 코와 입가에 덥수룩한 짧고 검은 수염이 장비(張飛)의 모습을 연상케 하는 예강조는 태사의에서 몸을 일으키며 별로 중요하지 않다는 듯이 하나뿐인 외동딸 예소약에게 물었다.

예소약은 따라 일어서서 대전으로 향하는 부친의 뒷모습을 향해 가볍게 허리를 굽히면서도 얼굴에서 씁쓸한 표정을 지우지 못했다.

'적절한 보상을 해주었느냐' 는 말에 그녀는 대답을 할 수가 없었기 때문이다.

第七章
흰 이슬은 강에 비끼고

풍림화산

"뭐야? 그 사람을 죽여서 내다 버렸다고?"

예소약은 얼굴 가득 어이없다는 표정을 떠올렸다.

그녀가 앉아 있는 자신의 처소 벽류각(碧流閣) 내의 접견실 의자 앞에는 정확하게 십육 일 전 이른 아침에 벽검궁의 전문을 제일 먼저 개문했던 분조장이 납작하게 부복하고 있다가 예소약의 말에 뭔가 일이 잘못됐음을 감지하고 움찔 몸을 떨었다.

'이런 어이없는 일이……'

단운비가 초상화를 그려주지 않았다면 예소약은 암살범이 누군지도 몰랐을 테고, 끝내 암살범을 잡지 못해서 사건이 미궁에 빠지게 될 가능성이 컸다.

그에게서 초상화를 그려 받는 대가로 그녀가 소궁주로 있는 벽검궁의 이름과 위치만 달랑 가르쳐 준 사실이 그와 헤어진 직후부터 지금까지 가슴속에 앙금으로 남아 못내 께름칙했다.

마치 철모르는 어린아이 손에서 사탕을 뺏어 먹은 어른의 심정이 지금 그녀와 같을 것이다.

그날 밤 예소약이 본 단운비의 모습은 누더기 홑옷 하나만 걸친데다 맨발이었으며 누군가에게 심하게 얻어맞은 형편없는 몰골이었다.

그녀는 많은 거지를 봐왔지만 그처럼 참담한 꼬락서니의 거지를 본 적은 일찍이 한 번도 없었다.

그가 그 상태로 항주 성내에서 옥황산의 벽검궁까지 걸어왔다는 사실을 그녀는 길게 생각해 보지 않아도 짐작할 수 있었다.

분조장의 말로는 전문을 여니까 그가 이미 전문 밖에 서 있었다고 했다. 그렇다면 밤새 걸어왔다는 얘기다.

그런 그를 좋게 말로 내쫓은 것도 아니고 제대로 수련을 받은 무사들이 한꺼번에 몰매를 났다고 한다.

그리고는 한겨울의 황량한 산중에 내다 버렸다고 한다. 아마 그때쯤 눈이 왔을 것이다.

그런 악조건이었다면 그가 살아 있기를 바라는 예소약의

희망은 무리한 욕심일 터이다.

"어디냐? 앞장서라! 그가 정말 죽었다면 네놈은 결코 무사하지 못할 것이다!"

이미 방문 밖으로 바람처럼 쏘아 나가고 있는 예소약은 엉거주춤한 자세로 일어나고 있는 분조장을 날카롭게 돌아보며 다그쳤다.

그는 십중팔구 죽었을 것이다. 그렇다면 시신을 수습하여 장례라도 후하게 치러줘야 예소약 자신의 마음이 다소나마 편할 것 같았다. 가슴속의 앙금은 오랜 시간이 지나야 사라지겠지만.

벽검궁 전문에서 우측의 산비탈로 뒤뚱거리며 달려가던 분조장은 어느 지점에 이르러 당황한 표정으로 주위를 두리번거렸다.

예소약이 보기에 그는 초주검이 된 단운비를 내다 버린 위치를 제대로 기억하지 못하고 있는 것이 분명했다.

"바보 같은 놈! 네놈들이 무고한 사람을 죽여서 내다 버린 장소조차도 모른다는 것이냐?"

예소약은 필요 이상으로 화가 났다. 어떤 이유로든 죽어간 사람은 불쌍하게 마련이다.

그런데도 살인자들은 너무나 빠르고도 간단하게 죽은 사람을 망각해 버리기 일쑤다.

옛말에도 '개똥밭에 굴러도 이승이 낫다'고 하지 않았는

가. 이승에 남아서 활개 치는 사람들은 사자에 대해서 좀 더
겸허해야 할 필요가 있다.

분조장은 예소약의 불호령에 더욱 허둥대면서 비지땀을
뻘뻘 흘렸다.

예소약은 그의 그런 모습에 더 화가 치밀었다.

"맨땅에 초상화를 그려줘도 괜찮다는 것이냐?"

불현듯 단운비가 했던 많지 않은 말 중에 하나가 예소약의
뇌리에 한줄기 바람처럼 스쳤다.

그가 지필묵을 요구했기에 왜냐고 묻는 그녀에게 그는 그
렇게 퉁명스레 대꾸했다.

예소약이 기억하는 단운비는 시종일관 반말이었다.

지금에 와서 돌이켜 보니 그의 반말에는 추호의 억지스러
움 같은 것이 없었다.

또한 거지들이 부자나 권세있는 사람들에게 흔히 품고 있
는 쓸데없는 경원감(敬遠感) 같은 것도 전혀 담겨 있지 않았
다.

오히려 그의 반말은 듣든 사람에 따라서는 무척이나 자연
스러웠다.

자신을 낳아준 부모 이외의 사람에겐 태어나서 한 번도 존
대를 사용해 보지 않은 사람처럼.

그리고 또 한 가지가 더 기억났다. 그녀가 그의 목에 검날을 갖다 댔을 때에도 그는 외눈 하나 깜짝하지 않았다는 사실이다.

그때 그가 보여주었던 초연함과 고요히 가라앉은 눈빛은 오랜 수양을 거친 무림고수라고 해도 섣불리 흉내 내기 어려운 것이었다.

하나둘씩 그에 대한 기억들이 되살아나기 시작하자 이젠 아예 봇물이 터진 듯 이것저것 마구 생각났다.

다시 생각하니 그는 결코 바보도 미친놈도 아니었다.

아주 잠시 그의 얼굴을 정면으로 봤을 뿐이지만, 지금 그녀의 뇌리에는 마치 수년 동안 매일 봐온 사람처럼 그의 모습과 얼굴이 선명하게 각인되어 있었다.

준수한 외모, 빙기옥골이라고 불려도 마땅할 희고 고운 살결, 그리고 그런 것들과 그가 걸치고 있던 누더기와의 완벽한 부조화가 만들어내고 있던 그 무엇.

'기품(氣品)……'

예소약은 자신도 모르게 입속으로만 중얼거리다가 자신이 떠올린 생각에 스스로도 깜짝 놀랐다.

'그래, 기품이었어!'

누가 듣는다면 배꼽을 잡고 웃을 말이다. 비천한 거지에게 기품이라니…….

"여, 여깁니다, 소궁주!"

그때 거지를 버렸던 장소를 찾아내는 것으로 자신이 저지른 실수에 대해서 용서라도 받을 것이라고 여기는 듯한 분조장의 기쁨에 찬 외침이 예소약의 상념을 깨뜨렸다.

그곳은 깊은 웅덩이였는데, 아무 생각 없는 무사들이 거지를 죽여서 내다 버리기엔 안성맞춤인 장소였다.

물론 구덩이에서 단운비는 발견되지 않았다.

그가 깨어났을 때 이미 눈은 멈춰 있었고, 그날 이후 오늘까지도 눈이 녹지 않은 상태였으므로 그 당시의 흔적이 고스란히 남아 있었다.

구덩이 속 한쪽에 피투성이의 단운비가 누워 있던 만큼의 눈이 녹아 있었다.

그곳에는 녹아 있는 누런 풀포기에 그가 흘린 선명한 핏자국이 얼어붙어 있었고, 그가 처절하게 기어올랐을 듯한 흔적이 흐릿하게 남아 있었다.

예소약의 시선이 어지러이 그 흔적들을 살피다가 눈빛이 크게 일렁였다.

'죽지 않았어!'

그녀는 가슴을 짓누르던 무거운 돌덩이를, 아니, 바윗덩이를 내려놓은 듯한 심정으로 내심 한숨을 내쉬었다.

단운비가 수십 차례나 굴러 떨어지면서 천신만고 끝에 기어올라 와 널브러졌던 구덩이 위의 흔적에 다시 예소약의 시선이 머물렀고, 순간 그녀의 동공이 잔잔하게 흔들렸다.

‘살아 있는 거야.’

그날 밤, 자신이 할 일을 다 마쳤다고 여긴 단운비는 대로 변으로 비틀거리면서 걸어가 두 팔로 굴뚝을 끌어안고는 눈을 감자마자 잠이 들어버렸었다.

대부분의 사람들 눈에는, 아니, 당연히 예소약의 눈에도 천박하고 더러우며 자신과는 엄연히 다른 치열한 거지들의 삶 어느 한 귀퉁이를 엿본 것에 불과했을 그 광경이다.

그가 맨발로 벽검궁까지 걸어왔을 상상하기 어려운 혹독함. 무슨 연유로 그가 거지의 행색을 하고 있었는지는 모르지만, 그가 거지가 아니라면, 몹시 길고도 험난했을 수십 리 길을 찾아와서 ‘벽검궁주를 만나게 해다오’라고 말한 후에 혹독하게 몰매를 맞고 내다 버려진 기구함 따위가 지금 예소약의 가슴을 적시면서 아프게 되살아나고 있었다.

문득 예소약의 시선이 단운비가 여러 차례나 쓰러졌다가는 일어서서 기다시피 내려갔던 산비탈의 흔적으로 향했다.

그녀의 심중에 새로운 의문이 하나 피어올랐다.

‘그는 무슨 일로 아버님을 만나려고 했을까?’

*　　　*　　　*

세상으로부터 완벽하게 격리된 어느 장소에서 두 사람이 은밀한 대화를 나누었다.

“선발된 ‘사무살’ 중에서 한 명이 감쪽같이 종적을 감췄습니다.”

“누구냐?”

“단운비입니다.”

“찾아낼 방법은?”

“지금으로선 없습니다.”

“비색대(秘索隊)가 그를 찾지 못했다는 것이냐?”

“그렇습니다.”

“다른 대안은?”

“단운비는 ‘사무살’ 중에서 무혼살(無魂殺)로 키우는 데 가장 완벽한 조건을 갖추고 있었습니다. 한 달 안에 그를 대체할 만한 인재를 다시 찾기란 쉽지 않을 것입니다.”

“음! 낭패로군.”

“현재 총력을 기울여서 단운비를 찾는 한편 병행해서 대체할 만한 다른 인재를 찾고 있는 중입니다.”

“삼부(三部) 중 이부(二部) 팔대(八隊)를 동원하라.”

“그렇게까지…….”

“단운비나 그를 대체할 만한 인재를 찾지 못한다면 대업(大業) 자체를 포기해야 한다. 그것은 곧 너는 물론 내 목숨까지 내놓아야 함을 의미한다.”

“……”

“찾아라. 이것은 내 목숨이 아까워서가 아니라 대업을 위함이다."

"존명(尊命)."

*　　　*　　　*

단운비는 탁마하에서 항주 성내까지의 삼십여 리 먼 길을 두 번째로 걸어가고 있는 중이다.

첫 번째와 다른 것이 있다면 지금은 그의 옆에 불꼬챙이가 동행하고 있다는 것과, 그의 몸이 성치 않아서 첫 번째보다 더 힘겹게 걷고 있다는 사실이다.

"정말 옷 안 입을 거야?"

불꼬챙이가 단운비에게 입히려고 하구촌에서부터 들고 온 누더기 누비옷을 그에게 내밀면서 다시 한 번 재촉했다.

"춥지 않아."

단운비는 건성으로 대답하고는 불편한 몸으로 약간 비틀거리면서 걷는 일에만 온 신경을 집중했다.

아무리 강남이라지만 눈까지 내린 항주의 겨울 날씨는 누비옷을 입어도 몸을 웅크려야만 할 만큼 쌀쌀했다.

그러나 그는 정말 춥지 않았다. 약간 선선한 느낌은 들었지만 오히려 기분 좋은 선선함일지언정 추위는 아니었다.

보름 전의 그였다면 움막을 나서자마자 벌벌 떨며 잔뜩 몸을 움츠리느라 걷기조차도 어려웠을 것이다. 그러나 지금의 그는 보름 전의 단운비가 아니다.

그가 변화한 이유는 바로 뇌정심법에 있었다.

혼절해 있었던 기간을 제외하면 비록 열흘 남짓 뇌정심법을 운기한 것에 불과했지만, 그것만으로도 그의 체내에는 극히 미량의 뇌정(雷霆)이 형성되었고, 그것이 미약하게나마 온몸을 흐르면서 몸을 데워 추위를 이기도록 해주고 있는 것이다.

그렇다고 그가 벌써 내가무공(內家武功)을 연성할 수 있을 정도의 내공을 쌓았다는 것은 결코 아니다.

아무리 뛰어난 근골이라고 해도 빨라야 삼 년 이상 심법을 부단히 운기해서 단전에 십 년 이상의 내공을 축적해야지만 비로소 내가무공에 입문할 수가 있다.

사실 단운비는 무골 중에서도 최상급인 천무골(天武骨)을 지녔다.

하지만 아무리 그렇더라도 기껏 열흘간 심법을 운기하여 얻어진 결과는 그야말로 보잘것없는 것이어서 내공이라기보다는 내공의 아래 단계인 내기(內氣)라고 하는 편이 옳았고, 내기에서도 초보 단계라고 해야 마땅했다.

그는 자신이 더 이상 춥지 않게 된 이유가 뇌정심법을 운기한 덕택이라는 사실을 생생하게 실감하고 있었다.

또한 그것 덕분에 자신이 옥황산의 구덩이에서도, 하구촌의 움막 안에서도 소생할 수 있었다고 판단했다. 그랬기에 그는 한시도 쉬지 않고 뇌정심법을 운기했다.

하지만 그가 입었던 상처들이 너무도 막중했던 것에 비해서 그가 겨우 며칠 동안 운기한 뇌정심법의 결과는 턱도 없이 미약했기 때문에 내기로서 상처를 치료하는 데에는 한계가 있었다.

설사 무림인이라고 해도 단운비 정도의 중상을 입었다면 족히 보름에서 한 달간은 정양하면서 약과 운공 등으로 꾸준하게 치료해야만 한다.

그렇거늘 하물며 이제 겨우 운기의 걸음마를 시작한 단운비로서는 두말할 나위가 없다.

그의 상처와 내상은 이제 간신히 일 할쯤 치료가 됐을 정도다.

그래서 그가 아직 성치 않은 몸을 이끌고 삼십여 리 길을 강행군해야 한다는 사실은 큰 문제가 아닐 수 없다.

절뚝절뚝—

가만히 누워 있을 때에는 가끔씩 부러졌던 갈비뼈 때문에 옆구리와 어깨 부위에 은은한 통증을 느꼈는데, 막상 몸을 움직이기 시작하자 온몸에 아프지 않은 곳이 없었다.

털썩!

"흐윽!"

급기야 그는 호변에 쓰러지듯이 주저앉으면서 고통스러운 신음을 터뜨리고 말았다.

“괜찮아?”

불꼬챙이가 급히 그의 곁에 쪼그리고 앉으며 얼굴 가득 걱정스러운 표정을 지었다.

단운비가 그녀를 처음 만났을 때와 지금의 그녀가 그를 대하는 것은 하늘과 땅 차이로 변해 있었다.

“으으… 가야지.”

단운비는 두 다리에 힘을 주면서 일어서려고 안간힘을 썼지만 다리가 후들후들 떨리고 온몸이 조각나는 것처럼 고통스럽기만 할 뿐 좀처럼 일어서질 못했다.

불꼬챙이가 온 힘을 다해서 그를 부축했지만 역부족이다.

부축이라는 것은 당사자에게 얼마간의 버티거나 걸을 만한 힘이 남아 있을 때 가능한 일이다.

지금의 단운비처럼 꼼짝도 하지 못하는 상황에서는 불꼬챙이처럼 연약한 체구가 들쳐 멜 수도, 업고 갈 수도 없는 노릇이었다.

“헉헉헉……”

마음만 급하게 앞선 단운비는 여러 차례 일어나기를 시도했으나 그때마다 제풀에 지쳐서 퍼질러 누워 심하게 헐떡거렸다. 온몸이 땀범벅이 되어 옷까지 흠뻑 젖은 것은 말할 것도 없다.

두 사람은 호변의 누런 풀 위에 나란히 앉아 아무런 대책도 없이 호수를 바라보았다.

불꼬챙이는 여전히 걱정스러운 시선으로 단운비를 바라보는데, 그는 줄곧 헐떡거리면서 호흡을 고르는 중이었다.

그들이 주저앉은 이곳은 탁마하의 하구촌에서 불과 오백여 장도 떨어지지 않은 가까운 곳이다.

어느 정도 시간이 흐르자 단운비는 헐떡거림을 멈추었다. 그렇다고 벌떡 일어나서 다시 걸어갈 수 있을 정도의 기력이 생겨난 것은 아니다.

서호는 바라보는 이의 넋을 빼앗을 만큼 아름다웠다. 여기저기 떠 있는 고깃배와 유람선, 너무도 잔잔하여 파란 하늘과 구름이 수면에 그대로 비춰지고 있었고, 유리처럼 투명한 물속에서 떼 지어 유영하는 물고기 떼가 너무도 선명하게 보였다.

서호는 비할 바 없는 여성적인 아름다운 경치 때문에 곧잘 대륙 최고의 미녀였던 서시(西施)에 견주어 서시호(西施湖)라고도 불렸다.

당대의 대시인이며 취음선생(醉吟先生)이라고 불렸던 백거이(白居易)와 송대의 대시인이자 동파거사(東坡居士)라고 불렸던 소동파(蘇東坡)는 둘 다 삼 년 동안 항주의 지방관(地方官)으로 재직한 적이 있었는데, 두 사람은 서호의 아름다움에 심취하여 서호를 배경으로 한 수많은 명시를 남겼다.

단운비는 무슨 생각에선지 뒤를 돌아보았다. 멀지 않은 곳에 오래되어 더러는 무너지고 퇴색한 빛이 역력한 제방이 길게 이어져 있는 것이 시야에 들어왔다.

그의 기억이 틀리지 않는다면 저 제방은 소동파가 서호의 북안(北岸)에 지었다는 소제(蘇堤)일 터이다.

문득 서호의 아름다움에 취한 단운비가 자신의 처지도 잊은 채 입을 열어 낭랑하게 시구를 읊조렸다.

"이윽고 달이 동쪽 산 위에 솟아올라 북두성과 견우성 사이를 서성이더라. 흰 이슬은 강에 비끼고 물빛은 하늘에 이었더라. 한 잎의 갈대 같은 배가 가는 대로 맡겨 일만 이랑의 아득한 물결을 헤치니, 넓고도 넓게 허공에 의지하여 바람을 타고 그칠 데를 알 수 없고, 가붓가붓 나부껴 인간 세상을 버리고 홀로 서서 날개가 돋치어 신선으로 돼 오르는 것 같더라."

느닷없는 낭송에 불꼬챙이는 깜짝 놀란 얼굴로 단운비를 바라보다가 낭송이 계속되자 곧 이어서 시흥(詩興)에 젖어 자신도 모르게 눈을 감고 편안한 표정으로 음미했다.

"아… 방금 그게 뭐지? 내가 마치 어깨에 날개가 돋아나서 바람을 타고 하늘의 달과 별 사이를 훨훨 날아다니는 것 같은 기분이었어."

시(時)란 거지의 귀라고 비껴가지 않는다.

단운비는 담담한 미소를 머금고 호수를 응시했다.

"소동파의 적벽부(赤壁賦) 중의 한 구절이야."

"적벽부… 그런 건 모르지만 참 좋은 말이었어."

"아! 갈대!"

　그때 자신들로부터 그리 멀지 않은 곳에 넓게 펼쳐진 갈대 숲을 무심코 보던 단운비가 가벼운 탄성을 터뜨렸다.

　'한 잎의 갈대 같은 배가 가는 대로 맡겨…' 라는 방금 자신이 읊조린 구절 중의 내용이 그에게 번갯불 같은 영감을 안겨 준 것이다.

　"갈대가 뭐?"

　불꼬챙이가 의아한 얼굴로 묻자 단운비는 희색을 띠며 두 손으로 배 모양을 그려 보이면서 설명했다.

　"갈대로 배를 만드는 거야. 노선(蘆船)이라고 하는데 전시에는 거기에 한 명, 혹은 두 명의 첨병(尖兵)이 타고 적진을 염탐하지."

　"그걸 어떻게 아는데?"

　"병법서에 적혀 있어. 이제부터 그걸 만들어야겠어."

　"누가?"

　"우리 둘이서 해야지. 내가 만드는 방법을 아니까 네가 도와주면 어렵지 않을 거야."

　불꼬챙이는 놀란 듯 새삼스러운 표정을 지으며 단운비를 바라보았다.

　허여멀끔하게 생긴데다가 철부지 같아서 아무것도 할 줄 아는 게 없을 것 같았는데 갈대배를 만들 줄도 알다니…….
그러나 그저 하는 소리려니 했지 도통 믿음이 가지 않았다.

불꼬챙이는 눈을 동그랗게 뜨고 경탄하는 표정으로 자신과 단운비가 만든 노선, 즉 갈대배를 바라보았다.

길이가 넉 자가량에 폭 석 자 정도의 타원형인데 마치 가운데가 오목한 대야의 형태를 하고 있다.

갈대나 왕골로 바구니를 만들 때처럼 엮어서 최초의 한 겹짜리 갈대배를 만든 후, 그 위에 도합 열 겹을 입히는 방법이다. 많이 입힐수록 더 견고하다는 단운비의 설명 때문에 두 사람이 열 겹의 갈대배를 만드느라 녹초가 된 것은 불문가지다.

단운비는 이론만으로 알고 있던 노선 만드는 방법을 자신이 실제 행하면서 육체적인 노동의 묘미를 체험했으며, 다 완성된 후에는 실로 형언하기 어려운 뿌듯한 성취감을 가슴 가득 맛보았다.

그의 두 손은 거친 갈댓잎 때문에 피부가 벗겨져서 피투성이로 변했다.

하지만 생전 처음 느끼는 성취감 때문에 아픈 줄도 몰랐고, 얼굴 가득 만족한 미소가 떠올라 있었다.

불꼬챙이의 느낌은 그와는 좀 달랐다. 보람과 성취감을 느꼈다는 점에서는 단운비와 같았으나 완성된 갈대배를 보면서 실상은 다른 궁리를 하고 있었다.

하구촌 근처에는 갈대숲이 지겨울 정도로 무성하게 자라 있으므로 나중에 하구촌에서 거지들을 동원하여 갈대배를 더 많이 만들어 서호에서 고기를 잡아먹거나 구걸을 하러 항주 성내를 오갈 때 교통수단으로 이용하면 좋겠다는 다소 거지다운 구상이다.

어렵게 갈대배를 완성하긴 했지만 두 사람은 호수에 배를 띄울 수 없었다.

배를 완성하고 얼마 지나지 않아서 해가 졌고 곧 주위가 어두워졌기 때문이다.

"움직일 수 있겠어?"

"아니, 꼼짝도 못하겠어."

불꼬챙이의 물음에 단운비는 씁쓸한 얼굴로 설레설레 고개를 가로저었다.

하긴, 아까 호변에 주저앉았을 때에도 일어서지 못했는데 갈대배를 만드느라 녹초가 된 지금에야 마지막 남은 기력까지 탈진했을 게 뻔했다.

불꼬챙이는 난감한 표정을 지었다.

그녀 혼자서는 결코 단운비를 하구촌까지 옮기지 못한다. 그렇다고 하구촌에서 다른 거지들을 불러와 도움을 청하자니, 그들은 평소 단운비를 곱지 않은 눈으로 봐왔기 때문에 쉽게 도와줄 리도 없고 도와준다고 해도 그들에게 빚을 지는 꼴이 돼버린다.

빚이란 언젠가는 꼭 갚아야 하는 성질을 갖고 있다. 그래서 그녀는 그것이 싫었다.

“여기서 자고 날이 밝는 대로 출발하자.”

그때 단운비가 이제 어두워서 보이지 않는 호수에 시선을 고정시킨 채 나직이 중얼거렸다.

“…….”

불꼬챙이는 난데없이 묘한 분위기가 되어 슬쩍 옆에 앉은 단운비를 돌아보았다.

단운비의 얼굴은 호수를 향하고 있었지만 실상은 호수를 쳐다보고 있는 게 아니라 눈을 감고 있었다. 가부좌의 자세인데 그녀는 그런 자세를 처음 보았다.

기실 단운비는 이제부터 뇌정심법을 운기하려는 것이다. 방해하는 사람만 없다면 때와 장소를 가리지 않고 언제든 운기를 하고 싶은 단운비였다.

그렇다고 그가 이제 와서 부친의 바람대로 무공을 배워서 고수가 되고 싶다는 생각이 든 것은 아니다.

그저 단순한 이유인 생존 때문이다. 우선 뇌정심법을 운기하면 춥지 않아서 좋고, 분명하진 않지만 상처를 회복시키는 데에도 다소나마 도움이 됐다.

해가 지고 나자 어느새 호숫가의 바람은 낮보다 몇 배 더 예리하고 차갑게 변해 있었다.

스사사사—

드넓게 펼쳐진 갈대숲이 바람에 이리저리 흔들리면서 저희들끼리 몸을 비비며 속삭임 같은 비명을 질러댔다.

그 소리는 갈대 잎 하나하나가 단운비가 살아온 십칠 년 세월의 하루하루가 되어 그날 있었던 일들을 저마다 허공에 토해내는 것처럼 들렸다.

불꼬챙이는 누비옷을 입고는 있지만 옷 틈새로 스며든 칼날 같은 바람이 살을 차디차게 만들더니 순식간에 뼛속까지 얼어버렸다.

그래도 단운비를 입히려던 누비옷을 품에 꼭 안은 채 끝끝내 자기가 입지는 않았다.

"어서 옷 입어."

그녀는 일각 전부터 침묵한 채 꼿꼿하게 앉아 있는 단운비에게 부들부들 떨리는 두 손으로 다시 누비옷을 내밀었다.

드러내지 않으려고 애를 썼는데도 이빨이 마구 마주쳐서 딱딱딱딱 하는 소리를 냈고, 너무 추워서 머리까지 깨지는 것처럼 아파서 정신이 몽롱해졌다.

그러나 단운비에게서는 대답이 들리지 않았다.

그녀는 문득 불길한 생각이 들어 급히 단운비 쪽으로 상체를 기울여 그의 얼굴을 조심스럽게 들여다보았다.

달도 별도 없는 흑암 같은 어둠 속이라서 반 자 옆에 있는 그의 얼굴이 간신히 보였으며, 별다른 이상한 점은 없는 듯했고 여전히 눈을 감고 있는 모습이었다.

"……"

불꼬챙이는 귀를 단운비의 코 가까이 가만히 갖다 대는데

의지와는 달리 몸이 덜덜덜 떨려서 하마터면 그녀의 얼굴이
단운비의 얼굴과 부딪칠 뻔했다.

미약하지만 단운비는 숨을 쉬고 있어서 불꼬챙이는 그제
야 안도의 표정을 지으며 상체를 거두었다.

단운비는 연달아 세 번의 운기를 하고 나자 온몸에서 열기
가 훅훅 달아올랐으며 웬만큼 기력도 회복된 듯했다. 세 번
운기하는 데 소요된 시간은 대략 한 시진 반 정도였다.

그는 동이 틀 때까지 쉬지 않고 운기를 할 작정이다. 물론
춥지 않으려고, 또 상처를 치료하려고 하는 운기지만 그는 자
신도 모르는 사이에 뇌정심법의 심오한 매력에 깊이 빠져들
고 있었다.

그는 세 번째 운기에 돌입하려다가 문득 불꼬챙이가 어떻
게 하고 있는지 궁금해졌다.

그가 누군가를 궁금해하는 것은 극히 드문 경우지만 지금
은 무척이나 자연스러웠다.

그는 눈을 뜨고 불꼬챙이가 있었던 자신의 옆을 쳐다보다
가 그녀가 모로 웅크린 채 누워 있는 것을 발견하고는 그저
잠이 들었으려니 편하게 생각했다.

원래 사람들이란 내가 배부르면 남이 배고픈 줄을 모르는
법이다.

그는 자기가 춥지 않으니까 지금 밤 날씨가 얼마나 추운지

전혀 느끼지 못했다.

그래서 그녀가 자고 있는 것이 아니라 동사(凍死)하기 직전에 처해 있다는 사실조차도 까맣게 알지 못했다.

단운비는 원래대로 자세를 잡으려다가 자신의 어깨와 등에 뭔가가 덮여 있는 것을 알게 되었다.

의아한 생각에 벗겨보니 불꼬챙이가 자신에게 한사코 입히려고 했던 누비옷이었다.

그녀는 운기하고 있는 단운비에게 끝내 누비옷을 입혀주었던 것이다.

슥—

그는 누비옷을 벗어 불꼬챙이에게 덮어주려고 상체를 숙이며 팔을 뻗다가 뭔가 이상한 느낌이 들었다.

단지 느낌뿐이지만 불길한 그 무엇이 불꼬챙이에게서 서늘하게 끼쳐 왔다.

불꼬챙이는 두 손을 포개어 바닥 쪽 뺨에 대고 눈을 꼭 감은 모습이었다.

단운비는 긴장된 표정으로 그녀의 얼굴 가까이 자신의 얼굴을 가져갔다.

그녀의 숨결은 거의 느껴지지 않을 정도로 아주 미약해서 아예 숨을 쉬지 않는 것 같았다.

"불꼬챙이!"

단운비는 크게 놀라서 다급히 그녀의 어깨를 마구 흔들었

다. 그러자 그녀의 몸 전체가 한 덩어리의 얼음 덩어리처럼
굳어져서 그가 흔드는 대로 이리저리 흔들렸다.

"맙소사! 몸이 얼어버렸어!"

단운비는 망연자실하고 말았다. 그는 자신의 손에 쥐어져
있는 누비옷을 어이없는 표정으로 내려다보았다.

만약 불꼬챙이가 그 옷을 덮고 잤다면 지금 같은 위험한 지
경에 처하지는 않았을 것이라는 생각이 들었다.

그런데 그녀는 조금도 추위를 느끼지도 않는 단운비에게
누비옷을 덮어주고 자신은 외롭게 추위에 떨다가 죽어가고
있는 것이다. 더 이상 생각이 필요없었다.

그것이 불꼬챙이의 마음이며 진심이었고, 그것은 고스란
히 단운비의 마음으로 아프게 스며들었다.

"이… 이것은 도대체……."

그는 새파랗게 얼어버린 불꼬챙이의 때가 낀 얼굴을 보면
서 어이없는 얼굴로 중얼거렸다.

한줄기 거센 번갯불이 천공에서 곧장 떨어져서 정수리를
꿰뚫고 몸속에 깊이 쑤셔 박혔다가 폭발하며 온몸을 마구 뒤
흔드는 것 같은 굉렬한 느낌이다.

지상 최고의 가문에서 태어나 이날까지 황태자가 부럽지
않게 성장한 그가 하찮은 누비옷 하나로 인해서 난생처음 감
동이라는 것을 받고 있는 것이다.

감동이라는 것은, 그로서는 한 번도 접해본 적이 없는 생소

하기 짝이 없는 감정의 변화다.

그렇지만 억만금의 돈으로도, 하늘을 찌르고도 남을 권세로도 느껴본 적이 없는 감정이다.

권세의 우산 아래에서 생활하는 사람은 권세에 굴복한 자들의 의미없는 복종만을 받고 살게 마련이다.

지금 이 순간의 단운비는 세상에는 돈과 권력, 명예로도 얻을 수 없는 것들이 어쩌면 지금 그가 가슴을 저리게 느끼고 있는 감동 말고도 더 있을는지 모른다는 생각을 하게 되었다.

그리고 그는 조금쯤은 깨달을 수 있었다. 돈과 권력과 명예의 최고 정점에 있었던 자신의 삶이 그 무엇을 행해도 왜 그토록 무료했으며 권태로웠는지를…….

"불꼬챙이! 제발 죽지 마라! 네가 죽으면 난 평생 후회하게 될 거다! 죽지 마라, 불꼬챙이……!"

불꼬챙이는 온몸의 뼈가 다 어는 것 같은 추위를 느끼면서 정신을 잃었지만, 지금은 몹시도 포근하고 따스한 느낌을 받으면서 정신을 차리고 있었다.

그리고 그녀는 자신의 머리 위에서 마치 주문처럼 끝없이 중얼거리는 단운비의 목소리와 자신의 등과 엉덩이가 화끈화끈 뜨겁다는 사실을 동시에 깨달았다.

그녀는 동사 직전에 소생했고 정신을 차렸지만, 지금의 사태를 파악하기 위해서는 꼼짝도 하지 않은 채 우선 자신의 어리둥절한 마음과 어수선한 머릿속부터 추슬러야만 했다.

그러는 중에도 단운비의 절규와도 같은 중얼거림이 계속 이어지고 있었다.

"기운 내라, 불꼬챙이! 넌 살아야 한다! 알았어? 내가 널 항주 최고의 부자로… 아니, 네가 원하는 거라면 뭐든지 다 들어줄 테니까 넌 반드시 살아나야 한단 말이다! 정신 차려라, 불꼬챙이. 바보야, 옷은 네가 덮고 자지 왜 나한테 덮어준 것이냐?"

불꼬챙이는 단운비를 만난 이후로 그가 지금처럼 한꺼번에 많은 말을 하는 것을 처음 들었다.

단운비 역시 이렇듯 많은 말을 한순간에 쏟아내기는 생전 처음이다.

그리고 지금처럼 간절하고 애틋한 심정을 가져본 것 역시 처음이다.

불꼬챙이는 그제야 조금씩 아스라이 기억이 되살아나기 시작했다.

그녀는 죽어가고 있었다. 소리쳐 단운비를 부르려고 했지만 목소리마저도 얼어버려서 목구멍 속에서만 그를 부르다가 정신을 놓았던 기억이 아슴아슴 솟아났다.

그리고 그녀는 또 깨달았다. 지금 자신이 단운비의 너른 가슴에 안겨 있고, 그가 옆으로 누운 자세에서 온몸으로 자신을 꼭 안은 채 두 손바닥으로 자신의 등과 엉덩이를 미친 듯이 문지르며 마찰열을 일으키고 있다는 사실을.

그녀의 알몸은 때가 더덕더덕 낀 얼굴과는 판이하게 달라서 몹시도 희고 매끄러웠다.

그러나 그녀를 살려내느라 거의 제정신이 아닌 단운비는 그런 것에 신경 쓸 겨를이 없었다.

불꼬챙이는 이상하고도 묘한 기분에 사로잡혔다.

그것은 명치 부위가 쌔애하고 뒷골에서 척추를 타고 허리까지 뜨거운 물줄기가 흘러내리는 듯한, 그녀로서는 난생처음 느껴보는 기분, 아니, 느낌이었다.

불꼬챙이는 가만히 아주 조심스럽게 눈을 떴다.

"……!"

그 순간 그녀는 한 가지 엄청난 사실을 깨닫고 하마터면 날카로운 비명을 지를 뻔했다.

그녀의 동그랗게 떠진 눈앞에 희게 빛나는 사내의 앙가슴이 있었던 것이다.

게다가 그녀의 얼굴이, 이마와 코와 입술이, 그 가슴에 입맞춤하듯이 닿아 있었다.

그리고 그녀는 한순간에 모두 깨달아 버렸다.

단운비는 물론이고 그녀 자신도 발가벗은 알몸이었으며 단운비가 그녀의 알몸을 꼭 끌어안고는 두 손바닥으로 맨살인 등과 엉덩이를 미친 듯이 문지르고 있다는 사실을 말이다. 그녀로서는 난생처음 당해보는 해괴망측한 상황이었다.

“······.”

불꼬챙이는 그 깨달음 때문에 조금 전에 느꼈던 이상하고 묘하면서 명치 부위가 쌔애인지 나발인지 하는 느낌이 자신의 몸속에서, 그리고 가슴속에서 깡그리 뽑혀져 나가는 것을 느꼈다.

머릿속이 마구 헝클어놓은 실타래처럼 어지러웠고 가슴이 미친 듯이 두근거렸다.

“이런 미친 자식! 지금 무슨 짓을 하고 있는 거야? 죽고 싶어서 환장한 거야?”

평소 같았으면, 하구촌의 모든 거지들이 익히 알고 있으며 경험한 불꼬챙이의 불같은 성격대로 당장 그렇게 악을 쓰면서 벌떡 일어나 단운비의 귀싸대기를 후려갈기고, 그다음에는 할퀴든 물어뜯든 단운비를 찢어 죽여야 마땅했다.

그래서 그녀의 별명이자 이름이 돼버린 ‘불꼬챙이’가 어떻게 해서 붙여진 것인지 보여줘야만 했다.

그런데 그녀는 결코 그렇게 하지 못했다. 아니, 오히려 그녀는 자신이 살아났다는 사실과 깨어났다는 사실이 단운비에게 알려질까 봐 전전긍긍했다.

그녀가 그러는 이유는 두 사람 모두 알몸으로 꼭 끌어안고 있는 것이 수줍어서가 아니다.

그렇다고 그녀의 배꼽 부위에 단운비의 사타구니에 있음직한 뭔가 묵직하고 물컹한 것이 찌르듯이 닿아 있어서 아주 야릇한 느낌에 빠져 버렸기 때문은 더더욱 아니다.

또한 단운비의 알몸이 그녀의 작고 가녀린 몸을 휘감듯이 덮고 있으며 그의 두 손이 그녀의 등과 엉덩이를 미친 듯이 비비고 있기 때문에, 본의 아니게 느껴지는 이상하고 두려우며 그렇다고 싫지만은 않은 아주 괴이쩍은 느낌들 때문은 절대… 아니라고는 솔직히 말할 수 없는 상황이었다.

그래서 그녀는 결국 이 순간에 자신이 할 수 있는 유일한 방법을 선택해야만 했다.

그녀는 계속 정신을 잃은 체했다.

눈을 꼭 감고 있는 불꼬챙이는 원래 여자에겐 없는 목젖이 오르락내리락하면서 마른침이 꼴깍거리는 것을 단운비에게 들키지 않으려고 무진 애를 써야만 했다.

단운비가 알몸의 불꼬챙이를 똑바로 눕혀놓고는 원래대로 옷을 입히느라 진땀을 흘리고 있었기 때문이다.

그는 불꼬챙이의 누더기 바지를 입히고 있는 중인데, 그것이 벗길 때와는 달리 입힐 때는 바지가 커다란 엉덩이에 걸려서 잘 올려지지가 않았다.

단운비는 색광으로 이름을 날렸음에도 불구하고 자기 손으로 여자의 옷을 벗기거나 입혀본 적이 없었다. 그녀들이 알아서 스스로 벗고 입었기 때문이다.

얼마나 용을 쓰는지 단운비의 얼굴에서 흐른 땀이 불꼬챙이의 아랫배와 음부의 숲 위, 허벅지에 뚝뚝 떨어졌다.

가만히 내버려 두면 동이 틀 때까지도 바지조차 입히지 못할 것 같아서 불꼬챙이는 암암리에 그를 도와줘야겠다고 생각했다.

그래서 그가 눈치 채지 못할 만큼만 아주 약간 엉덩이를 들어 올렸고, 상의를 입힐 때에는 소매에 팔이 수월하게 들어가도록 어깨와 팔에 최대한 힘을 빼주었다.

그리고 등과 허리를 약간만 들어주느라 그녀 역시 진땀을 흘리고 있어서 앞섶의 단추를 채우는 단운비의 손가락과 손등이 자신의 젖가슴과 유두를 슬쩍슬쩍 스치고 가볍게 짓누르는 것을 전혀 느끼지 못했다 라고 한다면 그것은 명백한 거짓말이다. 사실 그녀는 그것 때문에 진땀을 더 흘리고 있었으니까.

第八章

불꼬챙이

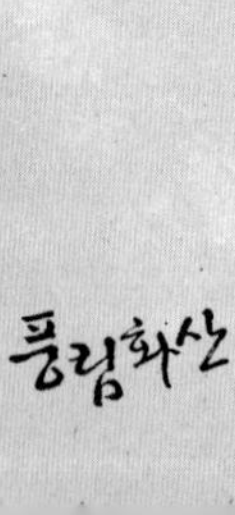
풍림화산

간밤에 우여곡절을 겪은 두 사람은 동이 트자마자 서둘러 갈대배를 호수에 띄웠다.

그리고는 근처에서 주운 넓적한 널빤지로 부지런히 노를 저어 서호 한복판을 가로질러서 불과 한 시진 만에 항주성 입구인 호수의 맞은편에 도달할 수 있었다.

불꼬챙이의 제안으로 두 사람은 일단 서호로 흘러드는 물줄기 중에서 가장 큰 강인 용정하(龍井河)와 서호가 합류하는 곳의 포구로 가서 여러 척의 배를 갖고 있는 선주(船主)에게 삼십 냥으로 작은 배 한 척을 두 달간 빌릴 수 있느냐고 물어보았다.

그랬더니 커다란 체구에 범강장달이처럼 우락부락하게 생긴 선주라는 사내는 대뜸 단운비에게 거칠게 주먹부터 휘두르며 호통을 쳤다.

"이 자식이 누굴 약 올리는 거냐?"

뻑!

"악!"

선주가 주먹부터 날릴 줄은 전혀 예상하지 못한 단운비는 명치에 강하게 주먹을 얻어맞고 포구의 나무 바닥 위에 맥없이 나뒹굴었다.

갑자기 숨이 콱 막히고 정신이 아찔해져서 아무 생각도 들지 않았다.

"이 거지새끼야! 하룻밤 술값도 못 되는 푼돈 구리돈 삼십 냥으로 배를 두 달씩이나 빌려달라고? 이 자식이 누구 염장 지르는 거냐? 기분도 꿀꿀한데 너 잘 걸렸다! 어디 죽어봐라!"

선주는 두리번거리다가 근처에 떨어져 있는 굵은 몽둥이를 집어들더니 쓰러져서 고통스럽게 숨을 몰아쉬면서 가슴을 움켜쥔 채 버둥거리고 있는 단운비에게 거칠게 콧김을 뿜으면서 달려들었다.

그의 기세는 단운비를 때려죽일 것 같았다. 거지새끼 하나 때려죽인다고 해봤자 어느 누구도 뭐라고 할 사람이 없는 세상이다.

오죽하면 관가(官家)에서조차 거지를 죽이는 것 정도는 묵인해 주겠는가.

거지라는 족속은 가축이나 벌레로 분류될 뿐이지 사람이 아닌 것이다.

그러나 선주는 몽둥이를 머리 위로 쳐들었다가 그것을 단운비를 향해 내려치지 못했다.

푹!

"끄억!"

순간 선주의 몸이 활처럼 뒤로 잔뜩 젖혀졌고, 그의 손에서 몽둥이가 힘없이 떨어졌다.

그는 큰 체구의 몸을 부르르 떨면서 눈을 한껏 부릅뜨고 입을 쩌억 벌렸다. 그리고 얼굴에는 고통과 불신의 표정이 범벅되어 가득 떠올랐다.

단운비는 곧 자신에게 가해질 뭇매가 이어지지 않자 고통스럽게 일그러진 얼굴로 선주를 쳐다보다가 의아한 표정을 지었다.

선주의 커다란 몸 뒤에 불꼬챙이가 입술을 깨물며 단호한 표정으로 서 있는 것과, 그녀의 두 손이 앞으로 모아져서 선주의 척추에 닿아 있는 것을 발견한 것이다.

단운비는 그녀가 무엇 때문에 선주의 뒤에 바짝 붙어 서 있는지, 그녀가 왜 저런 표정을 짓고 있는지 도무지 알 수 없었다.

그때 불꼬챙이가 선주에게서 두 걸음 물러서자 그녀의 두 손에 쥐어져 있는 길이 반 자가량의 가늘고 길쭉한 꼬챙이가 보였으며, 그것에는 피가 흠뻑 묻어 있었다.

단운비의 두 눈이 찢어질 듯이 잔뜩 커지면서 동공이 마구 흔들렸다.

불꼬챙이의 두 눈에는 새파란 독기가 짙게 서려 있었다. 어쩌면 그것은 살기일 것이다.

그제야 단운비는 불꼬챙이가 선주에게 무슨 짓을 저질렀는지 확연히 깨달았다.

털썩!

선주는 등허리 한복판에서 피를 분수처럼 뿜으면서 비틀거리며 앞으로 몇 걸음 걷다가 썩은 고목처럼 엎어졌다.

"끄으으… 거… 거지 년이……."

그는 엎어진 채 허우적거리면서 힘겹게 중얼거렸다.

단운비는 너무나 놀라서 명치의 숨 막히는 고통도 잠시 잊고 불꼬챙이를 쳐다보았다.

"불꼬챙이……."

선주가 쓰러진 포구의 나무 바닥은 그의 등허리에서 쏟아져 나온 피로 금세 시뻘겋게 흥건해졌다.

그는 필사적으로 팔다리를 버둥거리면서 불꼬챙이에게 기어가려고 애썼으나 뜻을 이루지 못하고 제자리에서 허우적거리기만 했다.

“으으… 죽여 버리겠다, 거지 년……”

당당하게 우뚝 선 불꼬챙이는 선주를 흉흉한 눈빛으로 쏘아보면서 나직하지만 날카롭게 외쳤다. 그것은 경고였고, 저주였다.

“이놈아! 내 친구는 거지가 아냐! 그를 때리는 놈은 어떤 자식이든 그 꼴이 되는 거야! 알아들었어?”

단운비와는 반대로 불꼬챙이는 냉정했다.

선주에게 호통을 치고 난 그녀는 즉시 단운비에게 다가와 그를 부축해서 일으켰다.

“어서 가자!”

단운비는 그녀의 부축을 받아 풀숲에 숨겨둔 갈대배까지 오는 동안에도 머릿속이 마구 헝클어진 것처럼 복잡했다.

불꼬챙이는 서둘러 갈대배를 띄우고 단운비를 부축해서 태운 후 갈대숲 끝을 따라서 급히 노를 저어 소리 내지 않고 포구에서 멀어져 갔다.

단운비는 멍한 얼굴로 불꼬챙이를 쳐다보기만 할 뿐 여전히 정신을 못 차리는 것 같았다.

불꼬챙이는 단운비의 시선을 느끼면서도 입을 꼭 다물고 부지런히 노를 저었다.

노라고 해봐야 겨우 손바닥 두 개 정도의 폭에 한 자 남짓 길이여서 별로 추진력이 없는데다가 그녀 혼자 저으니 갈대배가 앞으로 나아가기보다는 앞으로 일 장 나가면 호심(湖心)

쪽으로 두어 자씩 밀려나기 일쑤였다.

갈대배가 자꾸만 호심 쪽으로 떠내려가다가는 포구에서 한눈에 보이게 될 것이기 때문에 불꼬챙이는 마음이 조마조마해서 미칠 것만 같았다.

하지만 그녀는 정신을 차리지 못하고 있는 단운비에게 도와달라고 하진 않았다.

"앗! 선주님이 다치셨다!"

"와앗! 방(方) 형님! 이게 어떻게 된 일입니까?"

그때 포구 쪽에서 날카로운 외침이 소란스럽게 터져 나왔다. 아마도 사람들이 쓰러져 있는 선주를 발견한 모양이다. 마침내 일은 커졌고, 다급해졌다.

그 소리에 단운비는 퍼뜩 정신이 들었다.

소리가 들려온 포구를 급히 돌아보자 한 명의 장한이 선주를 업고 포구의 어느 목조 건물로 뛰어가고 있었고, 두 명의 장한이 주변을 살피고 있는 광경이 보였다.

그는 장한들을 멍하니 쳐다보다가 어느 순간 깜짝 놀랐다. 자신들의 갈대배가 장한에게 발견되면 큰 낭패를 당하게 될 것이라는 아주 기본적인 사실을 그제야 깨달은 것이다.

이곳에서 포구가 보인다면 포구에서도 갈대배가 보일 것은 너무도 당연한 이치다.

단운비가 즉시 포구에서 시선을 거두어 불꼬챙이를 쳐다보자 그녀는 혼자서 땀을 뻘뻘 흘리며 노를 젓느라 제정신이 아니었다.

그 와중에도 그녀가 단운비 자신에게 노를 저으라고 말하지 않았다는 사실을 그는 놓치지 않았다.

그런데 그녀는 점차 힘이 부치는지 급기야 갈대배는 조금도 앞으로 나가지 않고 제자리에서만 뱅뱅 맴돌면서 오히려 호심 쪽으로 조금씩 흘러가고 있지 않은가.

양쪽에서 균일한 힘으로 노를 저어야 형평이 맞는데 불꼬챙이 혼자 노를 저으니 당연한 결과였다.

불꼬챙이가 입술을 꼭 깨물고 땀을 뻘뻘 흘리면서 노를 젓는 모습이 단운비의 시야 가득 들어왔다.

그녀가 흉기로 선주의 등을 찌른 것은 오로지 단운비를 구하기 위함이었다.

그녀를 만난 이후 이 순간까지 그녀는 단운비에게 시시각각 다른 모습으로 비춰지고 있었다.

처음에는 악녀로, 다음에는 얼마간 이웃하고 지낸 이웃 사람처럼, 그리고 지금의 그녀는 단운비의 보호자였고 누이였으며 어머니 같은 존재가 되어 있었다.

단운비는 더 이상 생각하지 않았다. 그는 급히 노를 잡고 서둘러 자신 쪽의 물살을 젓기 시작했다.

첨벙! 첨벙!

그러나 너무 서두르느라 물소리가 크게 나고 물이 마구 튀어서 단운비와 불꼬챙이는 동시에 깜짝 놀라 급히 노 젓기를 멈추고 숨을 죽인 채 반사적으로 포구 쪽을 쳐다보았다.

천만다행으로 포구 주변을 살피고 있는 두 명의 장한은 물소리를 듣지 못했는지 다른 쪽을 살피고 있었다.

단운비와 불꼬챙이는 안도의 한숨을 소리없이 토해내며 서로의 얼굴을 쳐다보았다.

말은 없었지만 두 사람의 얼굴에 떠오른 표정과 눈빛에는 어떤 진한 신뢰와 유대감이 가득 떠올라 있었다.

단운비의 눈에 평생 한 번도 지어본 적 없는 온화함이 떠올랐고 입가에는 부드러운 미소가 피어올랐다.

불꼬챙이도 따라서 미소를 짓는 듯하더니 금세 얼굴을 붉히며 단운비를 외면했다.

얼굴에 두껍게 낀 때 덕분에 그녀가 얼굴을 붉힌 것을 단운비는 발견하지 못했다.

'어쩌자고 이럴 때 그런 생각이…….'

불꼬챙이는 가슴이 콩콩 뛰는 것을 느끼면서 더욱 얼굴을 붉혔다.

떨쳐 버리려고 애쓰면 애쓸수록 지난밤에 두 사람이 알몸으로 부둥켜안고 있었던 일이 생생하게 뇌리를 가득 메웠기 때문이다.

"가자, 불꼬챙이."

단운비는 포구 쪽을 보고 있다가 불꼬챙이를 쳐다보며 나직한 목소리로 일깨워 주었다.

불꼬챙이는 번쩍 정신을 차렸다. 이어서 두 사람은 조심스럽고도 능숙하게 노를 젓기 시작했다.

갈대배는 오래지 않아서 백여 장 길이의 갈대숲을 벗어났다가 둥실둥실 호심으로 나아갔다.

"학학학—"

"헉헉헉—"

두 사람은 거의 동시에 노를 놓고 좁은 갈대배 안에 구겨지듯 드러누워 거칠게 숨을 몰아쉬었다.

둘 다 비 오듯이 땀을 흘렸고, 금세라도 허파가 터져 버릴 것만 같았다.

갈대배 안은 움푹한데 아래로 향할수록 좁아서 바닥의 폭은 두 자 남짓이고 게다가 타원형이라서 두 사람이 드러눕자 서로의 몸이 포개지는 형상이 돼버렸다.

네 개의 다리가 서로 얽혔고, 불꼬챙이의 몸이 절반 이상 단운비의 몸 위에 얹혀 있는 꼴이었지만 두 사람은 전혀 개의치 않고 헐떡이기를 계속했다.

갈대배는 잔잔한 물결을 따라 이리저리 부유했고, 두 사람은 그대로 갈대배에 몸을 맡긴 채 일각 동안이나 꼼짝하지 않고 그렇게 엉겨 붙어 있은 후에야 겨우 진정이 되었다.

"고마워."

얼마나 지났을까. 문득 단운비가 맑은 하늘을 올려다보면서 불쑥 입을 열었다.

"이제 내 이름이 왜 불꼬챙이인지 알겠지?"

불꼬챙이도 하늘을 바라보면서 단운비의 말과는 전혀 다른 의미의 말을 중얼거렸다.

그녀는 거지라는 가장 천한 신분에다가 여자라는 약점을 지니고 있었기 때문에 열두 살이 넘어서면서 젖가슴이 나오고, 월경을 하며 제법 여자 티를 내면서부터는 여러 위협에 직면할 수밖에 없었다.

그녀의 적은 같은 거지 패 내부에도 있었고, 거지를 벌레보다 못하게 여기는 외부에는 더 많이 있었다.

남자 거지들은 같은 거지 패들끼리의 영역 싸움과 일반인들로부터의 모멸이나 학대를 견뎌내야만 한다.

그러나 여자 거지들, 게다가 얼굴이 반반한 여자 거지는 모든 남자들로부터 자신의 몸을 지켜내야 하는 수고를 더해야만 했다.

여염집 여자들이 순결이나 정조를 지키는 것은 여러모로 주위의 도움을 받기 때문에 그리 어려운 일이 아니다.

또한 그 일의 성공적인 대가는 대부분 주위 사람들의 자자한 칭송으로 이어져서 열녀니 지조있는 여자니 하는 마땅한 호칭과 함께 애쓴 것 이상의 대단한 결과가 주어지는 공평함이 있다.

그러나 여자 거지의 경우는 달라도 너무나 달랐다. 자신의 순결과 정조는 오직 자신만이 지켜야 할 그 무엇이고, 그걸 죽을힘을 다해서 지켰다고 한들 누구에게 잘했다는 칭찬 한 마디조차 들을 수 있는 처지가 아닌 것이다.

그래서 여자 거지들의 정조 관념은 희박할 수밖에 없게 되었고, 결국에는 대부분의 젊은 여자 거지들이 혈기 방장한 거지 사내들의 정액을 받아내는 하수구나 노리개가 돼버리고 마는 것이다.

게다가 거지 주제에 걸율(乞律)이라는 거지들만의 가당치도 않은 법이 따로 있었다.

그것에 의하면 여자 거지는 같은 거지 패 내의 남자들이 공유(公有)할 수 있다.

단, 여자 거지가 같은 패거리의 남자 거지와 혼례를 올린 경우는 예외가 된다.

사실 불꼬챙이는 한 겹 때를 벗겨내고 좋은 옷을 입힌다면 지금 당장이라도 많은 돈을 받고 기녀가 되어 팔자를 고칠 수도 있는 미모와 몸매의 소유자였다.

하구촌 패거리의 다른 여자 거지들은 자신을 원하는 다른 남자 거지들의 요구에 순순히 누워서 다리를 벌리는 것을 마다하지 않는다.

그에 반해서 자신의 몸을 지켜내려는 결심이 확고한 불꼬챙이는 자구책으로 늘 몸에 날카로운 쇠꼬챙이를 지니고 다녀야만 했다.

그래서 다른 사람의 손이 자신의 옷깃에만 닿아도 뒤집어지고 난리법석을 부리는 사나운 성깔을 갖게 되었으며, 지금의 '불꼬챙이'로 불리게 됐던 것이다.

하지만 그런 것을 자세히 알 리 없는 단운비는 그저 그녀의 성격이 '불' 같고 '쇠꼬챙이'를 사용한다는 것 때문에 그녀가 '불꼬챙이'가 됐을 것이라고만 편하게 유추했다.

"응. 그렇지만 어쨌든 고마워. 너 덕분에 살았어."

단운비의 치하에는 나름대로의 큰 의미가 담겨져 있었다. 자신이 누려온 그 지고한 삶을 너무도 당연하게 여겨왔던 그는, 지난날 단 한 번도 누군가에게 고마움을 느끼거나 그것을 표시한 적이 없었다. 그의 진심을 울릴 진정 어린 고마운 일이 없었기 때문이다.

"부탁이 있어."

불꼬챙이는 또 단운비의 말과는 다른 의미의 말을 했다.

"말해봐. 내가 할 수 있는 일이라면 다 해줄게."

그 말은 단운비의 진심이었다.

"되도록 오늘 일은 잊어줘."

"……."

"약속해."

"왜 그래야 하는 거지?"

"그래야 내가 편하니까."

"……."

"약속하지 않는다면 지금 이 시간부터 너와는 절대 상종하지 않겠어."

불꼬챙이는 정말 그러겠다는 듯한 표정을 지어 보였다.

하지만 그렇게 말하는 그녀의 마음속에 그녀 또래의 여자들이 흔히들 품어봄 직한 아련한 방심이 여리게 자늑자늑 흔들리고 있었다.

그녀에겐 최초인 그 느낌은 아주 낯설었지만 왠지 가슴이 훈훈했고 기분 좋게 두근거렸다.

"어서 대답해."

"알… 았어."

"약속하는 거지?"

"응."

단운비는 그저 입으로만 대답했고 입으로만 약속했다. 조금 전의 그 일을 그의 가슴속에 새겨두는 것까지야 불꼬챙이가 어떻게 할 수 없는 노릇일 테니까.

오늘의 불꼬챙이는 이상했다. 그녀는 열두 살 이후 지금까지 셀 수조차 없이 많은 남자 거지들과 일반인 남자들을 걸핏하면 쇠꼬챙이로 찔러댔었다.

하지만 그때마다 그 광경을 목격한 사람들에게 지금처럼 잊어달라고 사정하지는 않았다.

그러나 사실은 그녀조차도 자신의 이상한 행동을 이해하지 못하고 있었다.

어째서 단운비에게만은 자신의 난폭하고 추한 모습을 기

억하게 하고 싶지 않은 것인지…….

'아!'

문득, 불꼬챙이는 자신의 두 다리가 단운비의 다리와 엉겨 있고, 자신의 상체가 절반쯤 그의 몸 위에 얹혀 있는 것을 발견하고는 적잖이 놀라는 표정을 지으며 부스스 일어나 자세를 바로 하고 앉았다.

그래 봐야 갈대배의 바닥이 워낙 좁아서 두 사람의 몸이 바짝 밀착되기는 매한가지였다.

단운비는 아무것도 의식하지 못한 듯 멀뚱한 표정으로 자신도 몸을 일으켜 똑바로 앉았다.

그리고 두 사람은 동시에 용정하의 포구를 쳐다보았다. 갈대배는 포구에서 오백여 장이나 멀리 떨어져 있어서 그곳에서 무슨 일이 벌어지고 있는지 보이지 않았다.

"그자, 죽지 않았군."

문득 포구를 주시하던 단운비가 굳은 표정으로 어금니를 악물면서 낮게 중얼거렸다.

"포구가 보여?"

불꼬챙이는 눈을 크게 뜨며 놀라워했다.

"그럼, 보이지 않고. 선주라는 놈이 허리에 붕대를 감은 채 다른 사람들의 부축을 받으면서 포구 주변을 샅샅이 수색하고 있잖아."

단운비는 포구에서 시선을 떼지 않은 채 불꼬챙이도 당연히 자신과 같은 광경을 보고 있을 것이라는 듯이 말했다.

"그자가 우리 얼굴을 알고 있으니 불꼬챙이 넌 앞으로 조심하는 게 좋겠다. 저 근처에는 얼씬도 하지 마라."

불꼬챙이는 진지하게 그렇게 말하는 단운비의 얼굴과 포구를 번갈아 보면서 적잖이 놀라는 표정을 짓느라 그의 말을 제대로 알아듣지 못했다.

보통 사람이라면 오백여 장이라는 먼 거리를 결코 단운비처럼 일목요연하게 보지 못할 것이다.

아무리 눈이 좋아도 그저 뿌옇게 아른거릴 뿐이다. 그런 점에서 단운비는 시력이 좋은 정도가 아닌 것이다.

"넌 정말 눈이 좋구나."

불꼬챙이는 단운비를 보며 감탄을 금치 못했다.

그 말에 단운비는 비로소 자신도 적이 놀랐다.

'예전에는 이 정도 거리의 사물을 지금처럼 뚜렷하게 본다는 것은 어림도 없었는데……'

순간 그는 한 가지 사실을 퍼뜩 깨우쳤다.

"아! 뇌정심법이다!"

"뇌… 정심법? 그게 뭔데?"

단운비가 자신도 모르게 탄성을 터뜨리자 불꼬챙이가 의아한 얼굴로 그를 바라보았다.

"별거 아냐."

단운비는 손사래를 치며 어색하게 미소 지었다.

뇌정심법을 운기하고부터는 추위를 느끼지도 않을뿐더러 시력까지 매우 좋아졌다.

그런 효능은 지금의 단운비에게 있어서 매우 유용하게 쓰일 터이지만, 단지 그것뿐이다.

그는 뇌정심법을 여전히 지나치게 과소평가하고 있는 우를 범하고 있었다.

두 사람은 갈대배를 갈대숲에 감추고 호변을 따라서 나란히 하구촌으로 걸어갔다.

"이 거지새끼야! 하룻밤 술값도 못 되는 푼돈 구리돈 삼십 냥으로 배를 두 달씩이나 빌려달라고? 누구 염장 지르냐? 기분도 꿀꿀한데 너 잘 걸렸다! 어디 죽어봐라!"

단운비의 귓가에는 얼마 전에 선주가 불같이 화를 내며 외치던 말이 생생하게 남아 있었다.

"돈이라는 게 뭐지?"

자신의 발끝만 내려다보면서 걸으며 생각에 잠겨 있던 단운비가 불쑥 입을 열었다.

괴상한 질문이었다. 이 세상이 아니라 다른 세상에서 살다가 온 사람이나 가능한 질문이다.

그러나 어느 순간부터 단운비를 예사롭지 않은 사람으로 여기게 된 불꼬챙이는 이제 그의 그런 말쯤은 개의치 않게 되

었다. 고작 삼십 냥으로 말을 사고 배를 빌리겠다던 그가 아
닌가.

단운비는 물론 돈이 뭔지 나름대로는 잘 알고 있었다.

다만 자신이 물 쓰듯이 펑펑 써댔던 돈과 지금 절실히 필요
로 하고 있는 돈의 차이점을 모를 뿐이다. 같은 돈이지만 또
한 판이하게 다르기도 했다.

"다섯 냥이면 계탕면(鷄湯麵)이 한 그릇이고, 구운 오리 한
마리는 열다섯 냥, 화주(火酒) 한 근은 여섯 냥, 구리돈 오십 냥
이 은자 한 냥이고, 은자 이십 냥이 금화 한 냥이며 금원보(金
元寶)는 열 냥짜리부터 오십 냥짜리까지 다양하게 있어."

거지 패거리 중에서 아주 똑똑한 축에 속하는 불꼬챙이는
자신이 알고 있는 돈에 대한 지식을 자세히 설명했다.

그녀의 설명에도 불구하고 그것을 단운비가 이해하는 데
에는 꽤 오랜 시간이 걸렸다.

그는 고개를 숙이고 불꼬챙이의 설명을 해석하고 받아들
이느라 여념이 없는 모습으로 걸음을 옮겼다.

그로서는 생소하기 짝이 없는 화폐의 단위며 가치였다. 예
전의 그는 금원보조차도 무겁다는 이유로 가지고 다니지 않
았으며 그저 전표에 돈의 액수만 적어서 사용했다.

그랬던 그가 써본 일도 없는 한낱 은자나 구리돈 따위의 가
치를 알고 있을 까닭이 없다.

그렇지만 그는 얼마의 시간이 흐른 후에는 나름대로 정확

한 화폐의 가치 기준을 내놓았다.

“그러니까 삼십 냥의 구리돈은 구운 오리 한 마리에 화주 두 근을 마시고 나면 석 냥이 남는군.”

“그래. 그러니까 작은 배를 하루 종일 빌리자면 최소한 은자 서너 냥쯤 필요하지 않을까?”

불꼬챙이는 고개를 끄덕이고는 자신도 열심히 계산을 해 본 후에 그렇게 말했다.

그녀가 굳이 단운비를 용정하 포구의 선주에게 데려간 것은 그에게 현실을 일깨워 주기 위함이었다.

거지가 그런 것을 물으면 어느 정도 욕을 먹을 것이라고는 예측했지만 선주라는 작자가 다짜고짜 단운비를 죽이겠다고 달려들 줄은 예상하지 못했다.

“네 말대로 하자면 낙양까지 배로 한 달 이상 걸리는데, 그렇게 한 달 이상 배를 빌려줄 사람은 없을 거야. 그보다는 배를 사는 편이 훨씬 낫겠지.”

“그렇겠군.”

그가 직면해 있는 현실은 아주 빠르고도 냉정하게 그의 피부와 머릿속으로 스며들고 있었다.

작은 배를 하루 빌리는 데에 은자가 서너 냥 필요하다면 사는 데에는 그보다 열 배 이상이 필요할 것이다.

하지만 작은 배로는 수천 리 길은커녕 몇백 리조차도 갈 수 없다는 것쯤은 단운비도 짐작할 수 있었다.

게다가 한 달 이상이 소요된다면 배 안에서 모든 것을 해결해야만 할 것이다.

그러자면 배에 숙식이 가능한 집이 지어져 있어야 하고, 노만 저을 수는 없을 테니 돛이 달려 있어야 하므로 더 큰 배가 필요할 것이다. 이것저것 감안하자니 구해야 할 배의 크기가 점점 더 커졌다.

돈에 대해서는 무지한 단운비였으나 방금 전에 불꼬챙이가 설명한 돈의 가치를 기준으로 삼으니 그렇게 큰 배라면 최소한 은자 오십 냥 이상은 손에 쥐고 있어야 배를 사겠다고 입을 뗄 수 있을 것이라는 계산이 나왔다.

게다가 한 달 이상을 쫄쫄 굶으면서 갈 수는 없는 노릇이다. 그러므로 최소한 먹는 것에만 은자 열 냥 정도가 더 소요될 터이다.

단운비는 갑자기 막막한 기분이 들어서 그나마 겨우 걷고 있는 다리에 힘이 탁 풀렸다.

비틀―

그가 쓰러질 듯이 크게 휘청거리자 불꼬챙이가 크게 놀라면서 즉시 부축했다.

"좀 쉬었다 가는 게 좋겠어."

그녀가 단운비를 부축해서 물가의 마른풀 위에 앉히고 나서 그녀도 단운비 옆에 나란히 앉았다.

그때 문득 단운비는 호숫가에 쓰러져 있는 하나의 물체에 시선이 옮겨졌다.

한눈에도 그것은 사람이었고, 건장한 남자임을 알아볼 수 있었다.

엎드린 자세에서 머리를 단운비 쪽으로 두었으며 가볍게 철썩이는 물결이 그 사람의 아랫도리를 적시고 있는 것이 보였다.

"신경 쓰지 마. 죽은 시체야."

불꼬챙이는 그 사람을 쳐다보다가 곧 시선을 거두면서 얼굴을 찌푸리며 대수롭지 않게 말했다. 그녀는 자리를 잘못 잡고 앉은 것을 후회했다.

거지들은 죽음과 아주 친근하면서도 또한 무신경하다. 그들의 치열한 삶 자체가 죽음에 절반쯤은 걸쳐져 있으므로 당연한 일이다.

그런데 단운비가 이미 힘겹게 몸을 일으켜서 물가에 쓰러진 사람에게 비틀거리면서 다가가고 있는 것을 보면서 불꼬챙이는 씁쓸한 표정을 떠올렸다.

예전의 단운비였으면 불꼬챙이와는 전혀 다른 이유 때문에 저 시체에게 무심했을 것이다.

하지만 지금의 그는 달라져도 아주 많이 달라져 있었다. 저기 쓰러져 있는 사람이 언젠가 닥쳐올 자신의 모습일 수도 있다는 생각이 불현듯 떠오른 것이다.

사내는 이십오륙 세 정도의 나이로 보였고, 약간 네모진 얼굴과 턱을 지녔다.

그런데 거지를 무색하게 하는 몹시 초라한 행색이었다. 게다가 물에 젖은 얼굴은 파랗게 얼어 있었다.

"살았어. 어떻게 해야 하지?"

단운비는 의서에서만 읽었던 목 부위와 촌관척(寸關尺:손목의 맥)의 맥을 짚고 나서 그의 맥이 약하게 뛰고 있다는 것을 확인한 후 불꼬챙이를 돌아보며 기쁜 표정으로 도움을 청했다.

죽은 줄 알았던 사람이 살아 있다는 사실이 그를 적잖이 흥분시켰다.

"하아아, 몸이 꽁꽁 얼었을 테니까 우선 따뜻하게 해줘야겠지."

불꼬챙이는 단운비와 함께 쓰러진 남자를 마른풀 위까지 힘겹게 끌어다 놓은 후 숨을 몰아쉬며 대답했다.

그녀는 혼절한 남자를 살리는 것을 그리 탐탁하게 여기지 않았지만 단운비의 뜻을 꺾고 싶지 않아서 그가 하는 대로 내버려 두었다.

이런 상황에서의 경험이라곤 전무한 단운비는 온몸이 물에 흠뻑 젖은 채 파리한 얼굴을 하고 반듯하게 누워 있는 남자 옆에 웅크리고 앉아서 그를 굽어보며 난감한 표정을 짓고 있었다. 도무지 방법이 떠오르지 않았다.

"나… 한테 했던 것처럼 하면 되잖아."

　문득 단운비 맞은편에 서 있던 불꼬챙이가 그를 굽어보면서 약간 얼굴을 붉히면서 넌지시 말했다.

　"그렇군!"

　단운비가 망설일 것도 없다는 듯 훌훌 옷을 벗는 것을 보고는 불꼬챙이는 기겁하면서 다급히 만류했다.

　"그, 그만둬!"

　단운비는 상의를 다 벗고 막 바지를 벗으려다가 의아한 얼굴로 불꼬챙이를 쳐다보았다.

　"왜?"

　"불을 피우면 돼! 그게 더 효과적일 거야."

　불꼬챙이는 새치름하게 눈을 내리깔며 별것 아니라는 듯 가르쳐 주었다.

　"정말 그렇군! 왜 그 생각을 못했지? 어젯밤에도 그렇게 했으면 더 좋았을 것을!"

　단운비는 자신이 정말 바보 같다는 듯 손바닥으로 제 이마를 소리 나게 쳤다.

　불꼬챙이는 마른풀과 나뭇조각들을 주섬주섬 주위 모으고 있는 단운비를 보면서 왠지 쓸쓸한 기분이 들었다.

　뭔가 크게 기대했던 것은 아니다. 그러나 방금 전의 짧은 대화에서, 단운비가 어젯밤에 알몸으로 보여준 그 처절한 행위가 불꼬챙이를 살리려는 것 외에는 추호의 사심(私心)도 담겨 있지 않았다는 사실을 알게 되자 불꼬챙이는 괜스레 마음이 울적해졌다.

　단운비는 사내에게도 어젯밤에 불꼬챙이에게 했던 것처럼 알몸으로 끌어안고 비벼서 마찰열을 일으키려고 했다.

　그래서 그가 불꼬챙이를 추호도 이성으로 여기지 않으며, 또한 두 사람을 똑같이 대한다는 생각이 들도록 했다.

　하지만 단운비가 불꼬챙이는 무슨 일이 있어도 살리려는 절실한 마음이었던 반면에, 지금 이 사내에겐 그런 절실함이 결여되어 있다는 사실을 그녀는 모르고 있었다.

　타닥— 탁!

　불꼬챙이는 활활 타오르는 모닥불 가에 앉아서 불꽃 너머로 보이는 단운비의 얼굴을 보며 그와의 첫 만남에서부터 지금까지를 찬찬히 돌이켜 생각해 보았다.

第九章

사혈(死穴)을 찔리면 죽는다

풍림화산
풍림화산

"그냥 모른 체 지나칠 일이지 어째서 날 구했습니까?"

한 시진 만에 간신히 깨어난 사내의 일성은 뜻밖에도 볼멘 항의였다.

단운비는 놀라듯 어이없는 표정이고, 불꼬챙이는 거 보란 듯한 표정을 지었다.

"빌어먹을! 얼른 죽어서 다음 생애에서는 떵떵거리는 부잣집이나 권세가에서 환생해 볼까 했더니 그나마도 뜻대로 안 되는군!"

사내는 단운비와 불꼬챙이가 보든 말든 주먹으로 풀 바닥을 쿵쿵 치면서 원통함을 쏟아냈다.

단운비는 그의 말에서 그가 스스로 목숨을 끊으려고 차디
찬 물로 뛰어들었다는, 즉 자살을 기도했다는 사실을 깨닫고
적잖이 놀랐다.

자살이란, 새로운 환경에 처하게 된 그가 도저히 이해하지
못할 여러 가지 것 중에서도 단연 첫손가락에 꼽힐 만한 사건
이다.

"몇 살이냐?"

단운비가 사내를 보며 굳은 얼굴에 반말로 불쑥 묻자 사내
는 가볍게 움찔하더니 여전히 고개를 숙이고 가만히 있다가
한참 만에야 고개를 들고 단운비를 쳐다보며 흐릿하게 대답
했다.

"스물다섯."

"그 나이 되도록 무엇을 이루었느냐?"

단운비는 지체없이 또 물었다.

사내는 눈을 동그랗게 떴다가 잠시 후에야 억눌린 듯한 어
조로 겨우 입을 열었다.

"아무것도……."

"선업은 쌓았더냐?"

"선… 업이 무엇인지……."

모르기는 사내도 불꼬챙이도 마찬가지였다.

"착한 일을 말하는 것이다. 선업을 많이 쌓아야지만 죽은
후에 다시 인간으로 환생할 수 있다. 그렇지 않으면 지금보다

억만 배나 못한 축생으로 환생하거나 무간지옥(無間地獄)에
떨어지지. 네가 여태까지 살아오면서 선업을 제대로 쌓지 못
했다면 죽는다고 해도 지금보다 못한 미물로 환생할 것이
다.”

“……”

일순 사내는 얼굴과 몸이 딱딱하게 굳어지면서 아무 말도
하지 못했다.

그런 반응은 그가 살아오면서 착한 일다운 착한 일을 별로
한 적이 없음을 대변해 주는 것이었다.

그리고 자신이 물에 뛰어들어 그대로 죽었으면 필경 축생
이나 그보다 못한 것으로 환생할 것이라는 데에 생각이 미치
자 자신도 모르게 으스스 몸을 떨며 겁먹은 표정을 지었다.
그런 걸 보면 순박한 구석도 있는 듯했다.

“아직도 죽고 싶으냐?”

단운비는 나직하지만 날카롭게 물었다.

“……”

사내는 묵묵히 고개를 떨어뜨린 채 아무 말도 하지 못하다
가 한참 만에야 고개를 들고 어렵사리 입을 열었다.

“하지만… 사는 것이 너무나 힘이 드는군요.”

“단지 사는 것이 말이냐? 무언가 대단한 목적을 이루는 것
도 아니고, 그저 하루 세 끼 밥을 먹고 숨을 쉬며 살아가는 것
이 힘들다고 투정을 부리는 것이냐, 지금?”

단운비는 엄하게 꾸짖었다.

"……."

사내는 무슨 말을 하느냐는 듯 어리둥절한 얼굴로 단운비를 쳐다보았다.

당시는 대륙 전역이 십 년 동안 이어진 혹독한 기근(饑饉)으로 도처에서 굶어 죽는 사람이 속출하는 시기였다.

불꼬챙이가 쓸쓸히 중얼거렸다.

"십 년째 계속되는 이 지긋지긋한 흉년이 닥치기 전에도 수많은 사람들이 뼈가 빠지게 일을 해봐야 가족에게 하루에 한 끼조차 먹이지 못할 만큼 궁핍했어."

단운비로서는 난생처음 듣는 얘기다. 그래서 적이 놀라는 얼굴로 불꼬챙이를 쳐다보았다.

"그런 판국에 기근이 닥치자 죽어 자빠지는 건 똥구멍이 찢어지도록 가난한 백성들뿐이었지."

처음에는 그저 대수롭지 않게 시작한 설명이 두어 마디 계속되자 불꼬챙이는 자신도 모르게 흥분하기 시작했다. 그녀는 단운비를 보며 냉정한 표정으로 물었다.

"너, 풀뿌리나 나무껍질 따위 먹어본 적 있어?"

"그걸 왜 먹어? 몸에 좋은 거야?"

단운비는 멀뚱한 표정으로 멀뚱한 대답을 했다.

"바보!"

불꼬챙이는 괜스레 단운비에게 화가 나서 뾰족하게 쏘아

붙였다.

"몸에 좋은 거냐구? 먹을 게 없어서 풀뿌리나 나무껍질을 벗겨서 먹는 거야! 그뿐인 줄 알어? 벌레를 잡아먹는 것은 그나마 나은 편이야! 굶어 죽기 직전에 처해서 아무것도 눈에 보이는 것이 없게 되면 자식이나 형제도 잡아먹는 판국이라구!"

단운비의 얼굴에 그녀의 말을 조금도 믿을 수 없다는 표정이 가득 떠올랐다.

"설마……."

흥분한 불꼬챙이는 두 주먹을 움켜쥐고 목에 핏대를 세우며 악을 쓰듯이 외쳤다.

"내 눈으로 직접 봤어! 아니, 우리가 직접 당했어! 내 아래로 여동생과 남동생 둘이 있었는데, 그 아이들이 굶주려서 미쳐 버린 마을 사람들에게 잡아 먹혔다구! 그래서 흑곰 오빠가 나를 데리고 도망치듯이 고향 마을을 떠났던 거야!"

그녀의 두 눈에 한스러움과 슬픔의 눈물이 맺혀졌다.

"……."

그러나 단운비에겐 그런 말이 전부 거짓말처럼 들렸다. 아니, 필경 거짓말일 것이다. 인간이 어떻게 풀뿌리와 나무껍질, 그리고 벌레를 잡아먹으며 심지어는 인육(人肉)까지 먹을 수 있단 말인가.

단운비는 고서에서 그런 내용을 읽은 기억이 있긴 했다. 그러나 그것은 단지 고서의 기록일 뿐이다.

그가 두 발을 딛고 지금껏 살아온 이 땅 위에서 그런 끔찍한 일이 벌어졌으며, 벌어지고 있으리라고는 그의 차가운 이성과 풍요했던 시절이 결단코 이해를 거부했다.

그는 너무도 거센 충격을 받아서 개봉에서 납치된 이후로 머릿속이 가장 혼란스러웠다.

제아무리 총명이 과하여 어릴 때부터 귀재 소리를 들어온 그이지만, 지금 이 순간만큼은 사고가 제 기능을 멈춰 버린 것만 같았다.

불꼬챙이는 단운비의 그런 모습을 보면서 다른 것은 몰라도 그가 결코 거지는 아니었을 것이라는 사실을 새삼 확신할 수 있었다.

그녀는 자신이 지나치게 흥분해서 한순간도 기억하고 싶지 않은 과거지사까지도 말해 버린 것을 후회했다.

"그러니까 선업을 쌓았느니 대단한 목적을 이루었느니 같은 시시껄렁한 얘기 따윈 그만 접어둬. 그야말로 공자 왈 맹자 왈이니까."

단운비는 굳게 입을 다물고는 한마디도 할 수 없었다.

그때부터 그는 줄곧 침묵하며 뭔가 골똘한 생각에 잠겨 있었다.

"상박촌 패거리가 습격했어!"

하구촌이 저만치 보이게 되는 지점에서 앞서 걷던 불꼬챙이가 자지러질 듯이 비명을 지르며 쏜살같이 달려나갔다. 그녀의 오른손에는 어느새 쇠꼬챙이가 쥐어져 있었다.

펙! 펙! 펙!

투다닥, 툭탁!

"으악!"

"어이쿠!"

"죽어라, 이놈!"

"이 새끼들아! 하구촌이 그리 만만하더냐?"

"우야압! 하구촌 따윈 이제 없다! 모조리 쓸어버려라!"

한마디로 아수라장이었다. 하구촌의 움막은 모조리 무너지고 찢어져서 산지사방에 흩어져 있었다.

그리고 누가 누군지 모를 거지 떼 오륙십 명이 여기저기에서 한데 뒤엉켜 몽둥이와 낫, 도끼, 쇠망치 등 무기가 될 만한 것들을 손에 쥐고 닥치는 대로 갈기고 찍어대고 있었다.

그 광경은 단운비가 책에서나 읽었던 군사들의 전투보다 더 치열하고 처참했다.

싸움터에서 약간 떨어진 곳에는 나이를 먹어 거동이 불편한 하구촌의 노인들이 어린아이들을 끌어안은 채 잔뜩 불안한 표정으로 싸움을 지켜보고 있었다.

단운비가 얼굴을 안다고 할 수 있는 하구촌의 거지는 불꼬챙이와 흑곰이 고작이었으므로 뒤섞여 싸우고 있는 거지들이

누가 상박촌 패이고 누가 하구촌 패인지 분간할 방법이 없었
다.

　단운비는 싸움터 밖에서 얼마 전에 자신이 호숫가에서 구
한 청년 청산(靑山)과 함께 나란히 선 채 물끄러미 싸움을 지
켜보고 있었다.

　싸움이라곤 해본 적이 없는 단운비다. 예전의 그는 하등의
싸울 필요가 없었다.

　신룡문 소문주인 천화공자에게 싸움을 거는 무식한 인물
은 아예 없었으므로.

　단운비는 그저 강 건너 불구경하듯이 싸움을 지켜보았다.
거지들의 싸움에 거지도 아닌 그가 끼어들 하등의 이유가 없
었다. 그것이 이 순간의 단순한 그의 생각이다.

　하구촌이 이기든 상박촌이 이기든 그것 역시 상관이 없기
는 마찬가지다.

　그러나 구태여 그에게 누가 이기길 바라느냐고 묻는다면
불꼬챙이가 속해 있는 하구촌이 이겼으면 좋겠다는 정도로
대답할 것이다.

　"싸우지 않아도 됩니까?"

　청산이 단운비를 보며 물었다. 단운비가 싸우면 자기도 싸
우겠다는 의지가 담겨 있는 듯한 말투였다.

　"나하고는 상관없는 싸움이야."

　단운비는 싸움터에서 오륙 장쯤 떨어진 곳 하나의 바위에

걸터앉으며 대수롭지 않다는 듯 중얼거렸다.

“당신은 이곳 사람이 아닙니까?”

“아냐.”

청산의 두 번째 물음에 단운비는 단호하게 고개를 가로저으면서 대답했다.

그의 말은 틀리지 않았다. 그의 몸은 비록 이곳에 있고, 행색은 거지꼴이지만 그가 있어야 할 곳은 낙양 신룡문이었으므로.

“저들과 아무런 관계도 없다는 겁니까?”

청산이 세 번째 질문을 했을 때 단운비는 비로소 그를 쳐다보고는 그의 눈에서 강한 투지가 빛나는 것을 발견했다. 하지만 단운비의 대답은 일관됐다.

“관계없어.”

청산은 더 이상 말하지 않고 묵묵히 싸움터를 주시했다.

단운비는 그가 무슨 생각을 하고 있는지, 자신을 어떻게 생각하는지 따위는 관심이 없었다.

이 순간의 그는 싸움에 겁을 집어먹고 있어서가 아니라 정말로 자신이 이들과 아무런 관계도 없다고 생각하기 때문에 싸움을 돕지 않는 것일 뿐이다. 문제는 관점(觀點)의 차이에 있었다.

어지러운 혼전이 끝나가고 있었다. 이제는 단운비의 눈에도 누가 이기고 있는지 확연히 보였다.

땅바닥에는 이십오륙 명의 거지들이 죽거나 크게 다친 상태에서 피를 흘리며 쓰러져 있던가 혹은 주저앉아 있었다.

그리고 흑곰 한 사람에게 십여 명의 거지들이 마치 이리 떼처럼 끈질기고도 치열하게 덤벼들고 있었다.

그리고 약간 떨어진 곳에서 불꼬챙이가 세 명의 남자 거지들과 격렬하게 싸우고 있는 광경이 보였다.

그녀는 싸움을 썩 잘할 뿐만 아니라 몹시 악착같았다. 얼마 전에 선주의 등허리를 찔렀던 쇠꼬챙이를 움켜쥐고 미친 듯이 휘둘러 대는 바람에 그녀를 둘러싼 세 명의 거지는 겁을 집어먹고 함부로 덤벼들지 못했다.

하구촌에서 마지막으로 남아 싸우는 사람은 단 두 명, 흑곰과 불꼬챙이뿐이었다.

아마도 그들마저 쓰러지고 나면 거지들의 싸움의 결과가 늘 그렇듯이 싸움에서 패한 하구촌은 이긴 상박촌에게 흡수될 것이다.

흑곰은 작은 산처럼 거대한 체구 때문에 역시 동작이 굼떴다. 그러나 한번 그의 주먹에 맞거나 발길질에 걷어채인 거지는 다시는 일어나지 못하고 뻗어버렸다.

흑곰의 온몸은 그야말로 피투성이였다. 그를 공격하는 십여 명의 거지들은 하나같이 예리하게 날이 선 낫이며 도끼, 쇠도리깨 같은 것들을 무섭게 휘둘러 댔으며, 그것들은 거의 한차례 이상 흑곰의 피 맛을 본 상태였다.

휘잉! 휭!

흑곰은 무기가 없었다.

단지 어른 머리통만 한 두 주먹을 묵직하게 이리저리 힘차고도 어지럽게 휘두르는데, 상박촌의 거지들은 한 대도 맞지 않고 요리조리 날쌔게 잘도 피했다.

하지만 그들은 흑곰이 무지막지하게 휘두르는 주먹 때문에 함부로 공격하지 못하고 이리 뛰고 저리 뛰면서 기회를 엿봐야만 했다.

그 주먹에 한 대 맞으면 잘해야 중상이고 재수없으면 즉사라는 사실을 잘 알고 있는 것 같았다.

콱!

순간 한 명의 거지가 흑곰의 뒤쪽으로 몸을 날려 예리한 낫으로 그의 왼쪽 어깨를 힘껏 찍었다. 낫이 살 속에 워낙 깊숙이 찍혔으므로 피도 튀지 않았다.

흑곰은 비명도 지르지 않고 얼굴조차 찡그리지 않았다. 마치 그에겐 아무 일도 일어나지 않은 듯한 표정이다.

그러자 정작 당황하게 된 것은 흑곰의 어깨를 찌른 상박촌 거지였다.

그는 낫의 날이 거의 보이지 않을 정도로 깊숙이 박혀서 힘을 줘도 뽑히지 않았기 때문에 낫자루를 잡은 채 허공중에 대롱대롱 매달려 있는 형국이 돼버린 것이다.

흑곰이 뒤돌아보았을 때 그 거지의 얼굴에는 낫자루를 놓

고 즉시 물러나지 못한 것을 후회하는 표정이 역력하게 떠올
랐다. 후회는 즉시 그의 죽음으로 이어졌다.

흑곰은 어깨 너머로 손을 뻗어 그 거지를 잡아서 한 손으로
는 목을 움켜잡고 다른 손으로는 사타구니를 움켜잡더니 가
로로 눕혀서 들어 올렸다가 무릎을 세워 그대로 무식하게 내
리찍었다.

우두둑!

"끄악!"

그것으로 거지의 허리뼈가 수수깡처럼 동강나 버렸고, 갈
빗대가 모조리 왕창 분질러졌다.

이어서 흑곰은 거지를 가볍게 집어 던졌다. 거지는 이 장이
나 날아가서 냇물에 빠졌으며, 잠시 후에야 빠졌던 곳에서 훨
씬 아래쪽에 불쑥 숫구쳤다가 물살을 따라 둥둥 떠내려갔다.
그는 날아가는 도중에 숨이 끊어진 상태였다.

그 광경을 보고 흑곰을 공격하던 거지들이 잔뜩 겁먹은 얼
굴로 주춤거리며 물러섰다.

그 순간만큼은 거지들은 공포에 질려서 자신들이 훨씬 우
세하다는 사실을 잠시 망각한 듯했다.

"아악! 이거 놓지 못해!"

그때 불꼬챙이의 날카로운 외침이 터졌다.

단운비가 급히 쳐다보니 쇠꼬챙이를 뺏긴 불꼬챙이가 어
떤 거지에게 머리채가 붙잡힌 채 질질 끌려가고 있었고, 그녀

는 미친 듯이 발버둥을 치면서 비명을 질러댔다.

보통 여자 거지들은 서너 명이 남자 거지 한 명을 상대한다. 그런데도 불꼬챙이는 혼자 세 명의 남자 거지를 상대하고 있었다.

그럼에도 그녀는 남자 거지들이 혀를 내두를 정도로 민첩한 동작으로 이미 두 명의 거지를 거꾸러뜨렸다. 하나는 허벅지를, 또 하나는 옆구리를 찔러서 싸움을 포기하게 만든 것이다.

그 후에 체력이 급속도로 떨어져서 헐떡이다가 뒤에서 찍어대는 무릎 공격에 쓰러지고 만 것이었다.

불꼬챙이를 끌고 가는 거지는 삐쩍 마른 체구에 말처럼 생긴 얼굴이었으며 키가 매우 컸다.

그자가 바로 상박촌의 왕초였다. 왕초란, 자신이 이끄는 거지 패 내에서 싸움을 가장 잘하는 존재다.

흑곰이 끌려가는 불꼬챙이를 구하려고 두어 걸음 옮기자 여태껏 그를 포위했던 거지들보다 더 많은 거지들이 한꺼번에 떼 지어 몰려와 그를 에워싸며 맹공을 퍼부었기 때문에 그는 꼼짝할 수 없는 상황이 되고 말았다.

"놔라, 이 새끼야!"

불꼬챙이가 끌려가는 중에 한사코 버티면서 앙탈을 부리자 상박촌 왕초는 인상을 쓰며 멈춰 서더니 발로 무지막지하게 그녀의 옆구리며 가슴을 짓밟은 후에 잠잠해지자 다시 끌고 가기 시작했다.

불꼬챙이는 극심한 고통에 신음 소리조차 내지 못하고 속으로만 끅끅거렸다.

그녀는 가늘게 경련하면서 눈을 꼭 감은 채 입에서 피를 흘렸으며 두 손으로는 가슴을 꼭 움켜잡고 있었다.

불꼬챙이가 끌려가는 것을 발견하고서야 단운비는 크게 놀라서 자신도 모르게 벌떡 일어섰다.

그렇지만 순간적으로 어찌해야 할 바를 모르고 주먹을 쥐었다 폈다 하면서 당황했다.

하구촌과 상박촌의 거지 패 싸움이 자기와는 상관없다고 여겼던 그는 불꼬챙이가 위험에 처하게 되자 비로소 이 싸움이 자신과 전혀 무관하지 않다는 사실을 깨닫게 되었다.

그가 쳐다보고 있는 중에 불꼬챙이는 왕초에 의해 싸움터에서 오륙 장쯤 떨어진 둑 아래의 풀숲으로 질질 끌려갔다.

그녀는 가슴과 옆구리를 걷어 채인 충격이 컸는지 줄곧 가슴을 움켜쥔 채 축 늘어져서 상박촌 왕초에게 몸을 내맡기고 있었다.

어차피 싸움에서 하구촌이 지면 하구촌의 거지들은 상박촌의 부하가 되고, 하구촌의 모든 소유 역시 상박촌의 소유가 된다. 그리고 거지들은 여자를 소유 개념으로 여겼다.

왕초에 의해서 높이 자란 풀숲 바닥에 쓰러뜨려진 불꼬챙이의 모습은 풀에 가려서 더 이상 보이지 않았다.

“아아… 운비…….”

아마도 몹시 고통스러워하는 그녀로선 최대한 소리를 질렀을 그 처절한 외침이 신음 소리보다 더 작은 중얼거림이 되어 풀숲에서 흘러나왔지만 단운비가 있는 곳까지는 전해지지 않았다.

위험에 직면하여 정신이 아득해진 중에도 그녀는 자신도 모르게 단운비의 이름을 부르고 있었다.

“뭔가 해야 되지 않겠습니까?”

청산이 불꼬챙이 쪽을 쏘아보면서 여태까지와는 달리 다급한 어조로 말했다.

그러나 그 소리는 단운비의 귀에는 스쳐 가는 바람 소리처럼 들렸다.

“혹시 당신 이름이 운비입니까? 방금 저 여자가 당신 이름을 부른 것 같군요.”

단운비에겐 왕초가 쓰러진 불꼬챙이 위에 엉거주춤 엎드린 자세를 취하고는 두 손을 움직이고 있는 모습이 마치 신기루처럼 아련하게 보일 뿐이었다.

“저놈이 저 여자를 겁탈하고 있습니다! 그런데도 당신은 보고만 있을 겁니까?”

청산이 방금 전보다 약간 크고 날카롭게 말했다. ‘겁탈’ 이라는 말에 단운비는 정신이 번쩍 들었다.

“늦기 전에 여자를 구해야 합니다.”

다음 순간 단운비는 어느새 불꼬챙이를 향해 미친 듯이 달려가고 있었다.

"이놈아! 내 친구는 거지가 아냐! 그를 때리는 놈은 어떤 자식이든 그 꼴이 되는 거야! 알아들었느냐?"

달려가는 그의 귓전에 불꼬챙이가 선주의 등허리를 쇠꼬챙이로 찌른 후 살기등등한 얼굴로 악다구니를 썼던 외침이 종소리처럼 크게 울려 퍼졌다.

그는 비로소 세상을 하나씩 배워가고 있었다.

자기밖에 몰랐고, 자기중심적이며, 자신 하나뿐이던 삶에서 '우리'라는 삶으로 옮겨가고 있는 중이다.

퍽!

"내 친구에게서 물러나라!"

그는 구르듯이 달려가던 기세를 빌어 오른쪽 어깨로 힘차게 왕초의 옆구리를 부딪치며 태어나서 최초로 누군가를 위해서 악을 쓰듯이 외쳐 댔다.

만약 단운비에게 약간의 싸움 경험이라도 있었다면 달려가기 전에 뭔가 무기가 될 만한 것을 집어들었을 것이다.

그러지 못했다면 방금처럼 상대를 어깨로 힘껏 들이받아 쓰러뜨려서 기선을 제압한 직후에 지체없이 그자의 몸 위에 올라타고 주먹으로 때리든, 머리로 들이받든, 물어뜯든, 발버

등을 치든 혼신의 공격을 퍼부어서 때려눕혔어야만 했다.

그런데 어이없게도 그의 시선은 왕초가 아니라 불꼬챙이에게로 향해 있었다.

불꼬챙이의 두 눈이 놀라움으로 커다랗게 떠진 것이 보였다. 게다가 그는 바보 같은 질문을 던졌다.

"괜찮으냐?"

겁탈당하기 직전의 여자가 괜찮을 리가 있겠는가. 그리고 지금 그가 해야 할 일은 불꼬챙이의 안위를 묻는 말 따위가 아니다.

"어서 피해!"

단운비는 불꼬챙이의 눈동자가 자신의 얼굴을 보고 있던 중에 빠르게 옆쪽으로 흐르는 것을 발견했고, 그녀의 다급한 외침이 거의 동시에 터지는 것을 들었다.

그녀의 눈동자가 향한 방향에는 방금 전에 단운비가 어깨로 들이받아 쓰러뜨린 왕초가 득달같이 달려들고 있었다.

"이런 후레자식!"

퍽!

"흐억!"

왕초는 몸을 날리면서 체중을 발끝에 실어 힘껏 단운비의 옆구리를 내질렀다.

하지만 단운비가 얻어맞은 곳은 언젠가 항주 성내에서 건달들에게 걸려들었을 때 사마귀사내에게 발끝으로 적중당했던 늑골 아랫부분은 아니다.

단운비는 반 장이나 날아갔다가 땅바닥에 데굴데굴 구른 후에 잔뜩 웅크린 채 옆구리를 쓸어안았다.

극심한 충격 때문이었지만 그때처럼 늑골 아랫부분 급소를 제대로 맞지 않아서 고통은 훨씬 덜했다.

퍽퍽퍽퍽!

"이 새끼! 죽어라! 죽엇!"

왕초는 단운비의 배 위에 걸터앉아서 두 주먹으로 소나기처럼 그의 얼굴을 후려갈겼다.

별다른 이변이 없는 한 왕초는 두 주먹만으로 단운비를 때려죽일 듯한 기세였다.

소나기 주먹을 맞으면서 단운비는 정신을 차릴 수가 없었다. 그는 그저 무기력하게 팔다리를 버둥거릴 뿐이다. 방어도 아니지만 그렇다고 공격도 아니다.

그따위 메뚜기가 허우적거리는 듯한 무기력한 동작은 그가 처한 상황에 손톱만큼도 도움이 되지 않았다.

퍽퍽퍽퍽!

"육시랄 놈의 새끼! 어서 뒈져라!"

왕초는 눈을 부라리며 있는 힘껏 주먹을 휘둘렀다.

맞고 있는 중에도 단운비는 그의 주먹이 허공을 가르는 붕붕! 하는 소리를 똑똑히 들었다.

무림고수나 전문적인 싸움꾼인 건달이 아닌 보통 사람들

의 주먹이라는 것은 사실 그다지 센 편이 못 된다.

그래서 최초의 한두 대를 맞았을 때는 충격적이지만 여러 차례 주먹질이 계속되다 보면 이상하게도 솜방망이처럼 느껴지는 때가 있다.

다소 역설적이긴 하지만, 그 느낌은 맞는 것에 웬만큼 길들여지는 현상이기도 했고, 또한 정신을 반쯤은 잃은 상태가 됐기 때문일 것이다.

그때 허우적거리던 단운비의 오른손에 뭔가가 잡혔다. 새끼손가락 굵기에 다섯 치 정도 길이인 부러진 짧은 나뭇가지였다. 하지만 그것으로는 무기가 되지 못했다.

그러나 이것저것 재고 자시고 할 겨를이 없었다. 아무리 솜방망이 같은 주먹이라도 많이 맞으면 죽을 수도 있고 눈알이 빠지거나 코뼈가 부러질 수 있다. 가랑비에 옷이 젖는 법이니까.

'으으으… 늑골 바로 아래 부위!'

단운비는 어금니를 있는 힘껏 악물었다. 어금니에서 뿌드드 하는 소리가 났다.

그 순간 그가 예전에 읽었던 의서 중에서 혈도에 대한 그림이 너무도 상세하게 머릿속을 가득 채웠다.

온몸의 중요 대혈과 사혈, 그리고 수백 개의 크고 작은 혈도와 그것들이 지니고 있는 효용이 거짓말처럼 일목요연하게 머릿속에 펼쳐졌다.

‘대횡혈(大橫穴)이다!’

갈비뼈가 끝나는 옆구리 부위에서 배 쪽으로 두 치 반에 있
는 사혈이다.

그러나 얼어터지는 중이어서 눈으로 보고 재면서 정확하
게 겨냥할 수도 없는 상황이다.

다만 왕초의 체격과 주먹을 휘두르는 각도 정도를 따져서
겨냥할 수밖에 없는 형편이다.

무지막지하게 두들겨 맞는 중에 한순간 단운비의 눈에서
새파란 빛이 흘러나왔다.

쉭!

순간 나뭇가지를 움켜쥔 단운비의 오른손이 허공을 갈랐
다.

푹!

“커윽!”

나뭇가지가 옆구리에 박히자 왕초는 다급히 헛바람을 토
해내면서 입을 쩍 벌렸다.

“끄어어……”

왕초는 주먹질을 멈춘 채 두 눈을 허옇게 까뒤집었는데, 크
게 벌어진 입속으로부터 칼날로 벽을 긁는 듯한 듣기 거북한
소리가 흘러나왔다.

그러더니 그는 손을 뻗어 자신의 왼쪽 옆구리로 가져가 더
듬거렸다. 그렇지만 그의 옆구리에서는 피조차 흘러나오지

않았다.

푹!

"끄윽!"

순간 단운비는 한 치 반 정도 남아 있던 나뭇가지의 끝을 왕초의 옆구리 속으로 아예 다 쑤셔 넣어버렸다.

"끄으으……."

그러자 왕초가 긴 상체를 활처럼 뒤로 젖히면서 몸을 부들부들 격렬하게 떨어대는데, 그 떨림이 아래에 깔린 단운비에게도 고스란히 전해졌다.

그 순간 단운비는 그 무엇으로도 표현하기 힘든 야릇한 감을 느꼈다.

그것이 그로서 난생처음 맛보는 쾌감인 것은 두말할 필요도 없었고, 또한 썩 싫지 않은 느낌이기도 했다.

바로 살인의 쾌감이었다.

나로 인해서 죽어가는 한 인간의 최후가 던져 주는 갸륵한 선물이었다.

그리고 그 쾌감은 단운비의 오감을 자극하더니 곧이어 짜릿한 전율로 이어졌다.

잠시 후 왕초의 떨림이 더 이상 단운비에게 전해지지 않았다. 숨이 끊어진 것이다.

과연 사마귀사내에게 한 대 얻어맞고는 숨을 껄껄대면서까지 배운 필살기가 효과가 있었다. 단운비는 그 덕분에 사혈을 떠올릴 수 있었던 것이다.

"헉헉헉……."

단운비는 그대로 누운 채 거칠게 숨을 몰아쉬었다.

"운비!"

불꼬챙이가 왕초를 힘껏 밀어젖히고는 얼굴 가득 놀라는 표정을 떠올리며 단운비를 외쳐 불렀다.

단운비의 얼굴은 피 외에는 아무것도 보이지 않았다. 얼굴 전체가 피범벅이어서 흡사 악귀처럼 보였다.

그렇다. 그는 지금 이 순간만큼은 악귀나 다름없었다. 최초의 살인이 가져다준 쾌감을 허파가 터지도록 헐떡거리면서 음미하고 있는…….

"하하! 괜찮으냐, 불꼬챙이? 다친 데는 없어?"

단운비는 피범벅이 된 입을 벌렸다. 그리고 입술 사이로 그 자신도 예상하지 못했던 웃음이 흘러나왔다.

"바보야, 그건 내가 물어볼 말이잖아."

그렇게 말하는 불꼬챙이의 거멓게 때가 낀 뺨 위로 구슬 같은 눈물이 방울방울 흘러내렸다.

단운비는 불꼬챙이의 부축을 받아 일어나 앉은 후 풀숲에 옆으로 쓰러져 있는 왕초의 옆구리를 쳐다보았지만 자신이 찔러 넣은 나뭇가지가 잘 보이지 않았다.

그래서 그는 왕초에게 엉금엉금 기어가서 그의 옆구리를 더듬어 누더기 옷을 들춰냈다.

그제야 새카맣게 때가 낀 옆구리 갈비뼈 사이에 하나의 까만 점이 보였다.

나뭇가지가 완전히 살 속으로 쑤셔 박혔기 때문에 점으로만 보인 것이다.

그리고 그곳은 정확하게 대횡혈이었다.

단운비는 눈으로 확인한 것으로도 부족한지 손가락 끝으로 상처 부위를 만져 본 후에야 흐릿한 미소를 흘려냈다.

"후후… 사혈을 찔리면 꼼짝 못하는군."

피 칠을 한 얼굴로 입가에 스산한 미소를 머금은 그의 모습에 불꼬챙이는 부지중 움찔 몸을 떨었다.

"저길 봐."

그때 갑자기 불꼬챙이가 한쪽 방향을 가리키면서 놀란 듯한 탄성을 터뜨렸다.

그녀가 가리킨 곳에서는 지금 놀라운 일이 벌어지고 있었다. 흑곰과 청산 단 두 명이 상박촌 거지들 삼십여 명을 무차별 작살내고 있는 중이었다.

단운비는 절반은 놀라고 나머지 절반은 어이없는 듯한 표정으로 쳐다보았다.

흑곰은 그렇다 치고 놀라운 것은 청산이다.

'청산은 군인이었군!'

하나 놀라움은 오래가지 않았다. 단운비는 그가 싸우는 모습을 잠깐 보고는 한눈에 간파했다.

무공을 모르는 단운비지만 무림고수들이 비무를 하는 것
이나 군인들이 수련하는 것을 볼 기회는 종종 있었다.

청산의 싸우는 동작 하나하나는 몹시 절도가 있었다. 그리
고 불필요한 동작이나 자세, 즉 군더더기라곤 조금도 찾아볼
수 없었다.

명대(明代)의 군사들은 대부분 공권박투술(空拳搏鬪術)이라
는 싸움 수법을 기본적으로 수련한다.

그것은 일대일이나 소수의 무리와 싸우는 무림의 권법, 혹
은 각퇴술(脚腿術)과는 달리 전투에서 다수를 상대로 싸우는
데 용이한 권법과 각퇴술이 혼합된 일종의 백병전(白兵戰)용
격투기다.

단운비가 보기에 청산은 공권박투술을 제대로 배웠으며
웬만한 경지에 도달해 있는 것이 분명했다.

그가 주먹이나 발을 날리면 어김없이 한 명의 거지가 비명
을 터뜨리며 나뒹굴었다. 그리고 그들은 다시는 일어나지 못
했다.

그는 결코 헛손질이나 헛발질이 없었다. 하긴 공권박투술
을 그것도 경지에 이른 솜씨 앞에서 상박촌의 거지 패거리가
할 수 있는 일이라곤 그저 맥없이 피를 뿌리면서 튕겨져 날아
가는 것뿐이었다.

"캑!"

청산의 수도(手刀)가 한 거지의 목을 짧고 강하게 가격하자

거지는 짧은 비명을 지르며 목을 감싸 쥐었다.

그러더니 눈을 허옇게 까뒤집고 입에서 꾸역꾸역 피를 토해내면서 비틀비틀 물러서다가 그대로 주저앉아 버렸다. 굳이 확인하지 않아도 울대가 파열되어 즉사한 것이 분명했다.

흑곰이 마지막 남은 상박촌 거지의 두 다리를 한 손에 모아 쥐고 머리 위에서 빙글빙글 돌리다가 훌쩍 집어 던졌다.

꽈직!

재수없는 거지는 화살보다 빠르게 날아가더니 다리 기둥에 머리를 들이받고 머리통이 잘 익은 수박처럼 완전히 박살나면서 즉사했다.

그것으로 싸움은 끝났다. 많은 희생자를 냈지만 그보다 더 많은 것을 얻은 싸움이었다.

그리고 단운비도 얻은 것이 있다.

죽을 때까지 잊지 못할 첫 살인의 짜릿함과 위험에 처한 친구는 목숨을 걸고서라도 구해야 한다는 사실이 그것이다.

第十章

교훈은 머리에, 원한은 가슴에

풍림화산

타닥탁—

탁마하 냇가에 모닥불이 기세 좋게 타올랐고, 그 주변에 단운비와 불꼬챙이, 청산, 흑곰이 둘러앉아서 술을 마시고 있는 중이다.

불꼬챙이는 단운비의 얼굴에서 아까부터 시선을 떼지 못하고 있는 자신을 깨닫지 못하고 있었다.

단운비가 자신의 안위를 전혀 돌보지 않으면서까지 상박촌의 왕초를 죽이고 불꼬챙이를 지켜낸 사실은 모두를 놀라게 하기에 충분했지만, 당사자인 불꼬챙이만큼 놀라고 감동받은 사람은 없을 것이다.

단운비의 얼굴은 정말 볼 만했다. 주먹으로 수십 대나 얻어 맞았으니 눈, 코, 입이 붓고 찢어지고 일그러져서 추남도 이런 추남이 없을 정도의 몰골이다.

하지만 눈에 콩깍지가 씌워진 불꼬챙이에겐 그 얼굴이 누구와도 견줄 수 없을 만큼 멋진 미남으로 보였다.

"고맙다. 술 한잔 받아라."

그때 흑곰이 불쑥 말문을 열면서 단운비에게 술 호로병을 내밀었다.

그는 온몸 십여 군데에 낫이나 도끼 따위에 찍혀서 꽤 많은 피를 흘렸지만 생명에는 지장이 없다는 이유로 대충 금창약만 바르고는 이렇게 술을 마시고 있었다.

전설상의 역발산(力拔山)이 따로 없다. 흑곰이 바로 역발산이며 항우(項羽)였으며, 장비를 죽였다는 범강(范疆)과 장달(張達)이었다.

"나한테는 하나뿐인 피붙이다."

흑곰은 길고 굵은 팔로 단운비에게 술을 따르면서 불꼬챙이를 쳐다보며 중얼거렸다.

그의 목소리는 굵직한 저음에 묵직해서 고막을 울리는 것이 아니라 듣는 사람들의 가슴을 웅웅 울렸다.

"교(嬌)아가 너에게는 구걸을 내보내지 말라더라. 여기에 머무는 동안에는 네가 하고 싶은 대로 해라. 아무도 널 건드리지 않을 거다."

"교아?"

단운비는 일그러진 얼굴에 가볍게 의아한 표정을 지었다.

"응. 쟤가 교아다."

흑곰은 술 호로병을 거두면서 턱으로 불꼬챙이를 가리켰다.

불꼬챙이는 가볍게 표정이 변해서 흑곰을 살짝 흘기더니 곧 눈을 내리깔면서 어색한 듯 조용히 입을 열었다.

"거지 생활을 하는 동안에는 내 이름 같은 건 까맣게 잊고 살았어. 이제야 내 이름이 생각나는군. 내 이름은 손교(孫嬌)야."

그러나 그녀는 곧 뜨악한 표정을 짓고 말았다. 아무도 자신의 말에 신경을 쓰지 않고 술만 마시고 있었기 때문이다.

단운비는 불꼬챙이, 아니, 손교의 이름에는 관심이 없다는 듯 청산을 보며 불쑥 물었다.

"넌 군인이었느냐?"

"네. 열일곱 살에 군인이 되었다가 군인 생활 대부분을 국경 지방인 섬서(陝西) 횡산현(橫山縣)에서 보냈습니다."

청산은 나이도 단운비보다 많았고 싸움도 훨씬 잘하지만 단운비에겐 꼬박꼬박 존대를 했다.

"지위는?"

"백호(百戶)였습니다."

백호는 백 명의 군사를 지휘하는 군관(軍官)을 말함이다.

그 위로는 천 명을 지휘하는 천호(千戶)와 오천육백 명을 다
스리는 위지휘(衛指揮)라는 지위가 있다.

청산 정도의 젊은 나이에 백호라면 전투에서 꽤 많은 전
공(戰功)을 세웠다는 의미다.

"둔경(屯耕)을 했을 텐데 끼니를 걱정했다는 말이냐?"

단운비의 물음에 청산은 씁쓸한 표정을 지었다.

"물론 둔경을 하는 동안에는 끼니 걱정은 하지 않았습니
다. 그런데… 삼 년 전에 상관인 천호가 저를 자신의 비리에
합류시키려다가 제가 말을 듣지 않자 모함을 해서 저의 군직
을 박탈했습니다."

병적(兵籍)에 속한 군사들에게는 나라에서 지위에 맞게 토
지를 지급하고 있다.

그래서 군사들은 평상시에는 가족과 함께 농사를 지으며
살다가 전쟁이 나면 출정했다.

청산이 백호의 지위였다면 넉넉한 토지를 지급받아 먹고
사는 데에는 별 지장이 없었을 것이고, 지위를 박탈당했다면
당연히 토지도 몰수됐을 것이다.

흑곰이 청산에게 물었다.

"쫓겨난 다음에는 어떻게 됐지? 가족도 있었을 텐데?"

"가족들을 이끌고 고향으로 갔지."

문득 청산의 얼굴에 참담함이 그늘처럼 드리워졌다. 그는
겉으로 보기에도 삼십여 세 정도인 흑곰에게는 거침없이 반

말을 했다.

"고향은 산동 제남(濟南) 근처의 대문구(大汶口)라는 작은 마을인데 우리 가족이 도착했을 때에는 마을에 한 집도 남아 있는 사람이 없더군. 긴 흉년 때문에 모두 농사를 포기하고 먹을 것을 찾아서 다른 곳으로 떠난 후였지. 우리 마을뿐 아니라 근처의 어느 마을도 텅 비어 있기는 마찬가지였어."

청산은 노모와 두 명의 동생이 있었다. 빈집에서 굶어 죽을 수는 없는 노릇이라서 청산네 가족 역시 마을을 떠났다. 그러나 어딜 가도 비슷한 상황이었다.

청산네 가족은 이리저리 떠도는 중에 끝내 노모와 막내동생이 굶어 죽었다.

그리고 결국 청산 바로 아래의 열여덟 살짜리 누이동생은 어느 장사꾼의 몇 번째 첩으로 들어갔다.

혼자 남은 청산은 이리저리 부평초처럼 떠돌다가 닷새를 굶은 상태에서 자신의 벌레 같은 삶을 원망하며 서호에 스스로 몸을 던져 목숨을 끊으려 했던 것이다.

청산의 설명을 모두 들은 단운비와 손교, 흑곰은 말없이 모닥불을 응시하면서 술만 마셨다.

단운비는 사람들이 그토록 처절하게 살아가고 있다는 사실을 처음 알게 되어 충격을 받았기 때문이다.

그리고 손교와 흑곰은 자신들이 거지가 돼야만 했던 처지와 청산의 처지가 너무도 비슷해서 동병상련의 아픔을 느끼고 있었기 때문이다.

문득 단운비는 한 잔의 술을 입 안에 털어 넣은 후 흑곰을
보며 불쑥 내뱉었다.

"흑곰, 내 친구가 되겠느냐?"

잘못 들으면 명령조였다.

"호호호홋!"

손교는 놀란 듯 눈을 동그랗게 뜨고 단운비를 바라보다가
은방울처럼 짤랑짤랑한 웃음을 터뜨렸다.

단운비가 왜 웃느냐는 표정으로 쳐다보자 그녀는 웃음을
멈추지 않으면서 흑곰을 가리키며 말했다.

"호호홋! 흑곰 오빠는 스물세 살이야! 운비 넌 아무리 많아
도 열일곱이나 열여덟을 넘지 않았을 텐데 당연히 흑곰 오빠
를 형이라고 불러야 하는 거 아냐?"

흑곰은 겉늙어 보였다. 실상은 보기보다 훨씬 적은 스물세
살이었다.

단운비는 담담히 흑곰을 쳐다보며 물었다.

"그래, 난 열일곱 살이야. 그럼 형이라고 부를까?"

친구든 형이든 상관없다고 생각했다.

"핫핫핫! 아니, 친구가 좋다! 골치 아프게 동생은 무슨! 이
제부터 운비 너와 난 친구다!"

흑곰은 기분 좋게 웃으며 손사래를 쳤다. 웃음소리가 쩌렁
쩌렁해서 고막이 터질 것만 같았다.

"그리고 너!"

문득 흑곰이 정색을 하고 손교를 쳐다보았다.

"…왜?"

손교의 얼굴에 의아함이 떠올랐다.

"교아 넌 열여섯 살이잖아! 쬐끄만 게 운비에게 말끝마다 맞먹으려고 들어! 나한테도 맞먹을래?"

"……."

손교는 단운비의 얼굴을 핼끔 쳐다보더니 고개를 푹 숙이고 아무 말도 하지 못했다.

거지들, 더구나 여자 거지의 나이를 구별하기란 결코 쉬운 일이 아니다.

손교의 얼굴에 두껍게 낀 때는 흡사 분장과도 같아서 평소의 그녀를 제 나이보다 곱절은 많아 보이게 했다.

"그랬어?"

단운비가 뜻밖이라는 표정으로 손교를 쳐다보자 그녀는 당황해서 어쩔 줄 모르다가 이윽고 체념한 듯 무릎을 착 꿇더니 공손히 단운비에게 고개를 숙였다.

"고의가 아니었어, 운비 오빠. 앞으로는 오빠로 깍듯하게 모실게."

그날 외동아들이었던 단운비는 태어나서 최초로 친구와 여동생을 갖게 되었다.

                    *   *   *

　“뭐야? 나한테 돈을 빌려달라는 거냐? 그것도 한두 푼이 아니라 은자 백 냥씩이나 말이지?”

　통이 큰 살모사도 단운비의 난데없는 요구에는 어이없다는 표정을 짓고 말았다.

　변함없는 거지꼴인, 아니, 이제 완연한 거지꼴인 단운비는 살모사 앞에 우뚝 버티고 서서 똑바로 그를 주시하며 겁없이 대꾸했다.

　“그렇다.”

　“어째서 나한테 그 많은 돈을 요구하는 거냐?”

　“필요하면 찾아오라고 내게 하지 않았느냐?”

　분명히 살모사는 그렇게 말한 적이 있고, 지금도 잊지 않고 있다. 그래도 이런 식은 아니었다.

　단운비는 낙양으로 돌아갈 막대한 경비를 구걸해서 모을 생각은 추호도 없었다.

　불꼬챙이가 삼십 냥을 모으는 데 몇 년이나 걸렸다면, 단운비가 구걸한다고 해서 달라질 건 없다. 평생 걸려도 은자 백 냥을 모은다는 것은 요원할 테니까.

　더구나 단운비는 목에 칼이 들어와도 구걸 따월 할 생각은 추호도 없었다. 자존심이 허락하지 않았다.

　어디서 구했는지 제법 그럴싸한 흑강목(黑鋼木)으로 만들어진 커다란 의자에 느긋하게 앉아서 팔걸이에 팔꿈치를 얹은 손으로 수염 없는 턱을 쓰다듬으며 눈을 가늘게 뜬 채 단운비를 보고 있는 살모사보다도, 그의 좌우에 서 있는 사마귀나 닭대가리 등의 수하들이 잡아먹을 듯한 표정으로 단운비를 쏘아보고 있었다.

이윽고 살모사는 턱을 끄덕였다.

"음! 그렇군. 내가 그렇게 말했었지."

"가부(可否)를 밝혀라."

살모사의 졸린 듯한 눈이 더 흐려졌다.

"가… 부가 뭐냐?"

수하들도 무슨 말인지 모르는 듯 서로의 얼굴을 쳐다보며 뜨악한 표정을 짓고 있었다.

그때 사마귀가 아는 체를 했다.

"가부라는 거, 똥구멍 아닙니까? 저 자식, 지난번에도 똥구멍 어쩌고 했잖습니까?"

"흠!"

살모사가 반응을 보이자 사마귀는 아예 한술 더 떴다.

"그러니까 저 자식 말을 해석하자면, 대형더러 '똥구멍을 밝혀라'고 말한 것 같습니다만……."

살모사의 반응이 더 가관이다. 그는 자못 흥미있는 듯 단운비를 보며 진지하게 물었다.

"그러냐?"

"빌려줄 것인지 아닌지를 말하라는 것이다."

퍽!

"똥구멍이 아니잖아, 이 똥구멍 같은 자식아!"

"왁!"

살모사는 발로 사마귀의 복부를 내지르며 버럭 외쳤고, 사마귀는 복부를 싸안고 볼썽사납게 나뒹굴었다.

"에… 또… 그러니까… 말이다. 내가 너의 뭘 보고 은자를 백 냥씩이나 빌려줄 수 있겠느냐?"

살모사는 다시 턱을 쓰다듬으면서 눈을 가늘게 뜨고 단운비를 쳐다보며 중얼거리듯 말했다.

"반드시 갚겠다."

"그걸로는 부족하지."

"그럼 뭘 원하느냐?"

"이러면 어떨까?"

사실 살모사는 참을성이 많지 않은 건달로 유명했지만 단운비의 안하무인격인 행동과 말에는 꽤 인내를 보이고 있는 중이었다.

개인적으로 단운비에게 약간의 흥미를 느끼고 있다는 증거이기도 했다.

"네가 내 대신 한 놈을 죽여다오."

살모사 입에서 나온 말은 단운비로서는 조금도 예상하지 못한 뜻밖의 말이어서 그는 잠시 어리둥절한 표정을 지어 보였다.

살모사는 입가에 흐릿한 미소를 피어 올렸다.

"그 자식 이름은 '시랑(豺狼)'이다."

순간 수하들 얼굴에 움찔 놀라는 기색이 잔물결처럼 번지는 것을 단운비는 놓치지 않았다.

"어떤 방법을 사용하든 상관하지 않겠다. 그놈을 죽이기만 하면 군말없이 은자 이백 냥을 내놓겠다."

살모사는 단운비가 원하는 액수에 백 냥을 더 얹어주겠다는 조건을 내걸었다.

그 말을 듣는 순간 불현듯 단운비는 반사적으로 불꼬챙이를 떠올렸다. 그녀에게 은자 백 냥을 주면 흑곰과 함께 더 이상 거지 생활을 하지 않아도 되지 않을까 하는 생각이 문득 든 것이다.

"기한은?"

단운비는 지그시 어금니를 악물며 물었다.

"또 똥구멍이냐? 쉬운 말로 해라, 쉬운 말로. 응?"

살모사가 손사래를 쳤다.

"언제까지 죽이면 되느냐?"

"상관없다. 하나 빠르면 좋겠지."

"어떤 자인지 가르쳐 다오."

살모사는 고개를 끄덕였다.

"사마귀, 이 친구에게 시랑이 어떤 놈인지, 어디서 사는지 궁금해하는 것은 죄다 가르쳐 줘라."

저벅저벅—

단운비는 즉시 몸을 돌려 뒤도 돌아보지 않고 방을 나갔고, 사마귀가 총총히 뒤따랐다.

"대형, 설마 저 자식이 시랑을 죽일 수 있다고 생각하시는 겁니까?"

닭대가리가 조금은 어이없다는 표정을 지으면서 살모사에 게 물었다.

"우리 흑사파의 가장 큰 골칫거리가 누구냐?"

"물론 혈랑파(血狼派) 두령 시랑입죠."

"시랑과 내가 싸우면 누가 이길 것 같나?"

"그, 그야 물론 대형이 이기겠죠. 헤헤."

닭대가리는 아부 섞인 웃음을 흘리며 손바닥을 비볐다.

"이 새끼야! 솔직하게 대답하란 말이다!"

"앗! 그, 그게… 솔직하게 말씀을 드리자면 대형이 약간 꿀 립니다만……."

"뭐얏?"

뻑!

"왁!"

닭대가리는 살모사의 주먹에 관자놀이를 된통 얻어터지고 는 아둔한 닭대가리를 부여안은 채 나동그라졌다.

살모사의 눈이 가늘어졌다.

“흐흐, 재미있지 않겠느냐?”

그의 눈에서는 잔인한 빛이 엷게 흘러나왔고, 입가에는 교활한 미소가 피어올랐다.

“내 손에 피 한 방울 묻히지 않고 버릇없는 놈을 죽일 수 있다는 것이 말이다.”

“그, 그렇군요. 대형의 누구와도 비교할 수 없는 총명함에 소제들은 그저 감탄할 수밖에 없군요. 하하!”

얻어터지지 않은 수하 하나가 이때다 싶은지 두 손을 모아 쥐고 아부 섞인 웃음을 흘렸다.

뿌악!

“아부 떨지 말랬잖아, 이 새끼야!”

“끅!”

살모사는 앉은 채 발을 쭉 뻗어 수하의 턱을 가볍게 올려 찼다.

그는 나뒹군 수하는 아랑곳하지 않고 묘한 미소를 흘렸다.

“흐흐… 그건 총명이 아니라 교활이라고 하는 거다. 난 내가 교활하다는 사실이 너무 좋다 이거야. 프케케케!”

항주 성내 대로를 걷고 있는 단운비의 머릿속에는 조금 전에 사마귀가 가르쳐 준 집과 그가 말해준 ‘시랑’이라는 자에 대한 설명이 가득 차 있었다.

"잘 들어라, 꼬마야. 시랑이라는 자는 항주의 건달 조직 열 개 파 두령 중에서 세 손가락 안에 꼽히는 실력자라 이거다. 시랑은 두 손에 끼고 있는 반 자 길이의 아주 예리한 갈퀴손을 무기로 사용하는데, 거기에 한번 슬쩍 긁히기만 해도, 흐흐흐… 뼈가 온통 드러나고 말지. 오늘부터 나는 시랑의 갈퀴손이 네놈의 멱줄을 따게 되는 날을 손꼽아 기다리는 낙으로 살겠다. 이상 끝."

건달.
그것도 건달 조직의 두령이며 항주에서 세 손가락 안에 꼽히는 실력자라면 아무리 싸움에는 문외한인 단운비로서도 그자의 실력이 어느 정도인지 쉽사리 짐작할 수 있다.
단운비는 그야말로 싸움 실력이라곤 전무한 형편이다. 그런 그가 건달 두령인 시랑을 죽인다는 것은 하늘에서 별을 따는 것이나 진배없는 일이다.
며칠 전에 거지 패의 싸움 중에 단운비가 태어나서 처음으로 사람을 죽였다고는 하지만 그자는 건달하고는 비교조차 할 수 없는 형편없는 거지였을 뿐이다.
사람을 셀 수도 없이 죽였고, 먹고 자는 것 외에는 싸움만 해온 시랑 같은 건달 두령하고는 근본적으로 다르다.
그러나 자그마치 은자가 이백 냥이나 걸려 있다. 시랑을 죽이면 낙양으로 돌아갈 수 있고, 손교와 흑곰은 거지 생활을

면할 수 있다.

그렇지만 어떻게, 과연 무슨 방법으로 사랑을 죽일 수 있단 말인가.

거지들은 절대 대로를 활보할 수 없다. 그것은 천하 어느 곳을 가도 변하지 않는 거지들이 지켜야 할 여러 규칙 중의 하나다.

하지만 그런 것을 알 리가 없는 단운비는 고개를 깊이 숙인 채 깊은 생각에 골몰하며 대로 한복판을 터덜터덜 걸어가고 있었다.

대로변의 골목 어귀나 사람들 눈에 뜨이지 않으려고 음침한 곳에 있던 항주성의 거지들은 그런 단운비를 어이없는 얼굴로 주시하고 있었다.

그러더니 그들 중에 몇 명이 슬금슬금 단운비에게 모여들기 시작했다.

규칙을 어긴 거지 놈에게 징계를 내리기 위함이다. 지금처럼 부득이한 경우에는 거지들이 대로를 사용하는 것을 사람들은 묵인해 준다. 그래야만 거리가 깨끗해지므로.

어느덧 단운비 주위로 다섯 명의 체격 좋은 거지들이 눈을 번뜩이며 가깝게 모여들었다.

그런데도 생각에 잠겨 있는 단운비는 그 사실을 까맣게 모르고 있었다.

슥—

단운비 뒤에 바짝 다가든 거지 한 명이 그의 어깨로 빠르게 손을 뻗었다.

그러나 그는 단운비의 어깨를 만지지 못하고 급히 뻗었던 손을 움츠려야만 했다.

그 순간 거지들의 시선은 일제히 단운비의 앞쪽에 집중됐고, 얼굴에는 경악이 가득 떠올랐다.

그들은 지금이라도 황급히 그 자리를 떠야 했지만 자신들이 쳐다보고 있는 사람 때문에 오금이 저려서 다리가 말을 들어주지 않았다.

심지어 어떤 거지는 이미 다리에 힘이 풀려서 주저앉고 있는 중이다.

툭!

그때 고개를 숙이고 걷던 단운비의 이마가 거지들을 경악하게 만든 누군가의 가슴에 가볍게 부딪쳤다.

아니, 정확하게 말하자면 그의 머리가 부딪친 곳은 어느 여자의 봉긋한 젖가슴이었다.

단운비는 의아한 얼굴로 고개를 들다가 자신의 앞에 서 있는 사람을 발견하고 가볍게 놀라는 표정을 지었다.

그녀는 다름 아닌 벽류검옥 예소약이었다.

“너는?”

“우린 다시 만났군.”

예소약은 단운비를 만난 것이 몹시 반갑고도 기쁘다는 것을 굳이 감추려 들지 않았다.

그녀는 단운비가 살아 있을 것이라고 막연히 추측은 했지만, 그가 이렇게 버젓이 거리를 활보하고 있는 것을 보게 되자 한순간 가슴속의 큰 짐을 덜어낸 것 같았다.

단운비를 혼내주려던 다섯 명의 거지는 예소약을 향해서 땅바닥에 납작하게 엎드린 채 죽은 듯이 미동도 하지 않았다. 그들은 예소약이 누군지 너무나 잘 알고 있었다.

지나던 행인들조차도 걸음을 멈추고 공손히 허리를 굽혀 예소약에게 인사하면서 존경을 표했다.

벽검궁은 제천방과 더불어 항주제일방파의 자리를 다투는 방파지만 항주를 위해서 좋은 일을 많이 한 정파였다.

반면에 제천방은 정파와 사파의 중간인 정사지간의 방파라고 해야 옳았다. 그래서 사람들은 벽검궁을 더 좋아하고 존경했다.

예소약은 조금 전에 여러 명의 거지들이 단운비에게 다가드는 것과 그중 한 명이 그에게 손을 뻗는 것을 직접 목격했기 때문에 그들이 단운비에게 좋지 않은 생각을 품고 있음을 직감했다.

예소약은 은은히 위엄있는 표정으로 거지들을 꾸짖었다.

"너희 항주의 거지들은 지금 이 순간부터 이 사람을 괴롭히지 마라! 알겠느냐?"

거지들은 화들짝 놀랐다가 얼굴을 땅바닥에 비비듯이 묻

으며 감히 입을 열어 대답조차 하지 못하고 숨을 죽였다.

그들에게 벽검궁 소궁주의 말은 곧 하늘의 명령이다. 거역하고 자시고 할 성질의 것이 아니라는 뜻이다.

벽검궁 같은 대방파는 건달 조직마저도 하찮게 여기며 전혀 신경을 쓰지 않는다.

하물며 거지 패거리는 두말할 필요가 없다. 벽검궁 소궁주가 거지들에게 친히 말을 하여 경고했다는 것은 천지개벽과도 같은 의미인 것이다.

오늘 이후, 만약 어떤 거지가 실수로라도 단운비를 잘못 건드렸다가는 항주의 모든 거지들에게 불벼락이 떨어질 것은 너무도 자명한 일이다.

예소약의 추상같은 명령은 아마도 한 시진 이내에 항주 전역의 거지 패에게 퍼져 나갈 것이다.

예소약이 귀찮다는 듯한 얼굴로 가볍게 손을 젓자 거지들은 부복한 자세 그대로 고개도 들지 못한 채 벌벌 기어서 뒤로 물러갔다.

"우리 잠시 얘기 좀 할까?"

단운비는 전과 변함없이 퉁명스레 물었다.

"내가 그려준 초상화가 잘못됐느냐?"

예소약은 내심 실소를 흘렸다. 이 거지꼴의 소년은 처음 만났을 때나 지금이나 도무지 변함이 없다.

벽검궁 소궁주인 자신에게 함부로 반말을 해대는 것은 물론이거니와 손톱만큼의 존경심이나 예우를 보이기는커녕 마치 동네 강아지 대하듯 하고 있다.

예소약은 원래 깐깐하고 엄한 성격이어서 예절을 중시 여기는 편이다. 그렇지만 희한하게도 단운비에게만은 너그러웠다.

그 이유가 단운비가 그려준 초상화 덕분에 암살범 엄여를 잡았다는 사실 때문만은 아니었다.

딱히 뭐라고 설명할 수는 없었고, 그녀 자신도 잘 모르는 그런 이유 때문이었다.

"네 덕분에 암살범을 잡았어. 고마워."

"그럼 됐군."

예소약이 일껏 미소를 지으면서 치하했음에도 불구하고 단운비는 대수롭지 않게 대꾸하고는 걸음을 옮겨 예소약을 지나쳐 버렸다.

사실 그는 한시도 지체할 여유가 없었다. 낙양으로 돌아가자면 은자가 필요하고 은자를 손에 넣기 위해서는 시랑이라는 자를 죽여야 했고, 그러자면 어떻게든 머리를 짜내서 방법을 강구해야만 하기 때문이다.

"왜 벽검궁주를 만나려고 했던 거지?"

예소약을 막 지나친 단운비의 뒷덜미를 그녀의 물음이 붙잡았다.

그 말에 단운비는 와락 인상을 쓰며 미간을 좁혔다.

　　벽검궁에 찾아가서 벽검궁주를 만나게 해달라고 한마디 했다가 수문무사들에게 불문곡직 몰매를 맞고는 구덩이에 버려져서 죽을 뻔했던 두 번 다시 돌이키고 싶지 않은 악몽 같은 일이 되살아났기 때문이다.

　　"그건 네가 알 바 없다."

　　단운비는 뒤돌아보지 않은 채 냉랭하게 대꾸했다.

　　"그날 수문무사들이 네게 한 짓을 나중에 알게 됐다. 그것을 사과하고 싶다."

　　"……!"

　　순간 단운비의 얼굴이 확 굳어졌다.

　　잠시 그대로 서 있던 그는 천천히 몸을 돌려 그녀의 얼굴을 날카롭게 쏘아보았다.

　　"너는 벽검궁과 무슨 관계냐?"

　　"난 벽검궁 사람이야."

　　예소약이 자신의 신분이 벽검궁 소궁주라고 밝히지 않은 것에는 별다른 뜻이 있어서가 아니라 자신의 신분을 대단한 것인 양 드러내고 싶어 하지 않는 그녀의 겸허한 품성 때문이었다.

　　순간 예소약은 자신의 눈을 의심했다. 단운비의 두 눈에서 새파란 안광이 파도처럼 뿜어져 나왔기 때문이다.

　　그리고 그 안광에 굳이 이름을 붙이자면 '살기'라고 할 수 있을 것이다.

“앞으로 벽검궁은 조심하는 게 좋을 거야.”

예소약은 일순간 단운비가 거지를 가장한 무림고수일지도 모른다는 생각을 했다.

방금 전에 그가 뿜어낸 안광은 내공이 정심한 무림고수여야 가능한 것이다.

슈욱!

순간 예소약의 왼손이 번개같이 단운비의 상체를 향해 뻗어나갔다.

두 사람의 거리는 불과 반 장 남짓이었고, 그녀의 발초(拔招)가 지독하게 쾌속했기 때문에 웬만한 무림고수라고 해도 피하거나 반격하기란 불가능했다.

그녀의 손은 뻗어나가는 중에 장(掌)으로 변해서 곧장 단운비의 오른쪽 어깨로 쏘아갔다.

“……!”

찰나 예소약의 눈빛이 가볍게 흔들렸다.

그녀의 장이 단운비의 어깨 다섯 치까지 쇄도했는데도 그는 피할 생각은커녕 자신이 공격당하고 있다는 사실조차 깨닫지 못하고 있는 것 같았다.

그리고 그녀는 그 표정을 한발 늦게 발견했다.

그녀는 아차 싶었으나 공격을 회수하기에는 이미 늦고 말아서 다급히 장심에서 내력을 거두어들였다.

뻑!

“으악!”

다음 순간 예소약의 일장이 단운비의 오른쪽 어깨에 고스란히 작렬했다.

그러나 미처 회수하지 못한 이십 년 정도의 내공이 일장에 실려 있어서 적중되는 순간 단운비의 어깨뼈가 박살 났다.

단운비는 처절한 비명을 터뜨리면서 입에서 피 화살을 뿜으며 허공으로 훌훌 날아갔다.

척!

크게 놀란 예소약은 미처 놀라움을 가다듬을 여유도 없이 쏜살같이 신형을 날려 단운비의 몸이 땅에 떨어지기 전에 두 팔로 가볍게 받아 안았다.

그녀는 비록 어린 나이지만 제법 강호 경험이 풍부했고 자신의 안목이 틀린 적이 없어서 방금 전의 판단을 굳게 믿었다. 그런데 그 판단이 보기 좋게 빗나가고 만 것이다.

“많이 다쳤어?”

단운비보다 체구가 훨씬 작은 그녀는 두 팔로 그를 가뿐하게 안은 채 걱정스러운 표정으로 단운비의 잔뜩 찡그린 얼굴을 들여다보았다. 그의 입에서는 가느다란 핏물이 흐르고 있었다.

“저리 꺼져라!”

단운비는 대답 대신 거칠게 몸부림치며 예소약의 품에서 벗어났다.

순간 그는 부서질 듯이 아픈 오른쪽 어깨를 부여안고 그 자
리에 쓰러지고 말았다.

"크으으……."

"움직이지 말고 그대로 있어! 내가 상처를 치료해 줄게!"

예소약은 급히 단운비 옆에 무릎을 꿇으며 말했다.

그러나 단운비는 두 눈에서 이글이글 무서운 안광을 뿜어
내면서 이를 갈았다.

"내 몸에 손대지 마라, 더러운 계집년아!"

"……."

예소약은 단운비의 어깨를 만지려다가 움찔했다.

조금 전에 그녀가 오판하게 만들었던 그 섬뜩한 안광이 단
운비의 두 눈에서 다시금 무시무시하게 뿜어지고 있었기 때
문이고, 그의 입에서 그녀로서는 평생 한 번도 들어보지 못했
던 욕설이 튀어나왔기 때문이다.

예소약이 충격을 받고 미처 정신을 수습하지 못해서 어이
없는 표정을 짓고 있을 때, 단운비는 어깨를 움켜잡은 채 안
간힘을 쓰면서 비틀거리며 일어섰다.

"으으… 너희 벽검궁은 언제나 사람을 이런 식으로 괴롭히
느냐? 나는 너희 벽검궁에 잘못한 것이 없거늘 너희는 번번이
날 비참하게 만드는구나. 추악한 것들."

단운비는 예소약을 무섭게 쏘아보았다.

그 얼굴에는 더할 수 없는 분노와 경멸이 가득 떠올라 있었

는데, 예소약은 이날까지 한 번도 그토록 무서운 얼굴을 대한 적이 없었다.

"두고 봐라! 너희 벽검궁은 언젠가는 반드시 오늘의 보답을 받게 될 것이다!"

단운비는 그 말을 남기고 금방이라도 쓰러질 듯이 비틀거리면서 걸어갔다.

"기다려!"

예소약은 다급하게 외쳤다. 단운비를 이렇게 보낼 수는 없다. 그의 저주가 겁나는 게 아니다.

누가 보더라도 한낱 거지가 벽검궁을 상대로 복수할 것이라는 사실을 믿지는 않을 것이다. 다만 이런 오해를 남겨서는 안 되기 때문이다.

그녀는 단운비를 다짜고짜 몰매 놓고 내다 버렸던 수문무사들에게 무거운 벌을 내렸었다. 그리고 다시는 만나지 못하더라도 단운비가 살아 있기를 마음으로 기원했다.

그런 단운비를 조금 전에 이곳에서 다시 만났을 때 그녀는 내심 크게 기쁘고 반가웠다. 그런데 일이 이따위로 어긋나 버리고 말다니……

단운비의 말은 백번 옳다. 그는 벽검궁에 도움을 줬을지언정 눈곱만큼도 잘못한 게 없었다.

그런데도 그는 보답은커녕 오히려 두 차례에 걸쳐서 큰 곤욕만 치렀으니 누군들 분노하지 않겠는가.

"날 죽여야 한다면 지금 당장 죽여라! 내가 왜 네년에게 죽어야 하는지 이유는 모르겠지만."

예소약의 부름에 단운비는 걸음을 멈추고 뒤돌아보지 않은 채 피를 토하듯이 중얼거렸다.

"……."

예소약은 무슨 말인가 하려다가 적잖이 놀라는 표정을 지었다. 어느새 주변에 구경꾼들이 구름처럼 몰려들어 있었기 때문이다.

구경꾼들은 당연히 예소약의 신분을 알고 있을 것이다. 그들은 지금 벽검궁의 소궁주가 하찮고 힘없는 거지를 괴롭히고 있는 광경을 생생하게 목격하고 있는 중이다.

그리고 이 소문은 천리마에 날개를 단 듯 삽시간에 항주 전역으로 퍼져 나갈 것이고, 벽검궁의 명예에 큰 흠집을 남기게 될 것이다.

추호도 변명의 여지가 없었다.

그렇다고 예소약이 지금 이 많은 구경꾼들 앞에서 구구절절이 변명을 늘어놓는다는 것은 사태 수습에 도움보다는 오히려 좋지 않은 영향을 끼칠 것이 분명했다.

예소약은 태어나서 지금처럼 참담한 기분에 빠진 기억이 없었다. 한마디로 이것은 최악이다.

그녀가 바라보고 있는 중에 단운비는 어깨를 감싼 채 쓰러질 듯 비틀거리면서 그녀의 시야에서 멀어져 가고 있었다.

'아! 이래서는 안 돼. 저 사람을 이렇게 보내면… 아아! 이 일을 어쩌면 좋지?

행인들은 썰물처럼 단운비에게 길을 터주었고, 예소약은 그가 자신의 시야에서 사라질 때까지 안타깝게 지켜보고 있어야만 했다.

예소약은 구경꾼들 수십 쌍의 시선을 온몸으로 따갑게 느끼며 죽고 싶은 심정이 되었다.

그날 단운비는 큰 교훈을 얻었고, 그것을 죽을 때까지 잊지 않으려고 가슴에 새기고 또 새겨 박았다.

第十一章
대라십팔산수(大羅十八散手)

풍림화산

석 달이 지났다.

'운비 오빠는 또 산에 간 건가?'

언제나 동이 트기 직전에 잠에서 깨어나는 손교는 움막 밖으로 나와 탁마하의 상류 쪽을 망연히 바라보았다.

탁마하 상류에는 지금은 하구촌에 흡수돼 버린 상박촌이 있었고, 거기에서 오 리가량 더 올라가면 영은산(靈隱山) 자락이 시작된다.

영은산은 항주성 인근 이백여 리 일대에서 가장 높고 규모가 컸으며 영험한 산으로 알려져 있었다.

큰 산이라고 해봐야 하늘을 찌를 듯한 산이 끝없이 이어진 강북에 비하면 작은 산 축에도 끼지 못할 정도였지만 그래도 거의 강이며 평야 지대로 이루어진 항주 지방에서는 제법 험산에 속했다.

석 달 전, 부득부득 혼자 가겠다면서 항주에 다녀온 이후로 단운비는 많이 변했다.

그렇지 않아도 과묵한 사람이 더욱 말수가 적어졌으며 얼굴 표정은 언제나 차갑게 굳어 있었다.

'무슨 일이 있었던 걸까, 석 달 전 항주에서.'

석 달 전 어느 날인가부터 아침에 손교가 일어나 보면 단운비는 어디론가 사라지고 보이지 않았었다.

그리고는 해가 지고도 한참이 지나서야 극도로 지치고 탈진해서 금방이라도 쓰러질 듯한 모습으로 영은산 쪽에서 휘적휘적 걸어왔었다.

그의 모습은 온몸이 성한 곳이 없을 정도로 긁히고 찢어진 상처투성이였고, 그나마 걸치고 있는 누더기 옷이 갈기갈기 걸레처럼 찢어졌으며, 몸은 걸음조차 제대로 걷지 못할 정도로 지쳐 있었다.

단운비는 손교가 상처를 치료해 주는 것마저도 단호히 거절했다. 그녀로선 이유를 알 수 없었고 짐작 가는 일조차도 없었다.

그는 밤새 혼자서 끙끙 앓으면서 뒤척이다가 손교가 깨어나기도 전에 또 사라져 버렸다.

석 달 전의 단운비는 거지들이 구걸해 온 음식은 더럽다고 쳐다보지도 않았다.

그래서 손교가 돈을 주고 사온 쌀과 재료로 따로 정성껏 요리를 만들어서 단운비 혼자에게만 먹였는데, 석 달 전에 항주에 다녀온 그 즈음부터는 거지들과 함께 뒤섞여서 그들이 구걸해 온 더러운 음식을 군말없이 게걸스럽게 먹어치우기 시작했다.

처음에 단운비가 손교 앞에 나타났을 때에는 상거지 꼴을 하고서도 생긴 것이나 행동하는 것은 기품이 있었고, 옷차림과는 어울리지 않게 마치 명문가의 자손처럼 굴어서 다른 거지들의 눈살을 찌푸리게 했었다.

그러나 지금의 그는 누가 보더라도 완연한 거지였다.

박식하고 기품있는 그가 입을 열어 말을 하면 뭔가 좀 달리 보이겠지만, 며칠이 지나도 거의 한마디도 하지 않기 때문에 제아무리 혜안을 지닌 사람이라 하더라도 그가 거지가 아니라고 콕 집어내긴 어려울 것이다.

그래서 손교의 걱정은 이만저만한 게 아니다.

단운비가 거지처럼 행동하고 새벽에 사라졌다가 밤에 나타나는 것까진 그래도 괜찮았다.

하지만 그의 온몸이 상처투성이고 밤새 끙끙 앓으면서 헛소리를 하는 것만은 견딜 수가 없었다.

하지만 그 걱정은 오래가지 않았다. 한 달쯤 지날 무렵부터 단운비는 더 이상 몸에 상처를 새겨오지 않았고, 기진맥진 다 죽어가던 모습도 보이지 않았다.

오히려 석 달 전보다 더 활기찼고 힘이 넘쳐 보였다. 여전히 말은 없었지만 걸음걸이 하나에도 자신감이 넘쳤다.

"아마 권법(拳法)을 수련하는 것 같더군."

청산이 지나가는 말처럼 그렇게 말해주지 않았더라면 요즘 들어서 궁금증이 극에 달한 손교는 아마도 단운비를 찾으러 무작정 드넓은 영은산을 헤매고 다녔을지도 모른다.

청산은 하구촌의 모든 사람들, 심지어 흑곰에게까지 반말을 하고 당당했지만, 유독 단운비에게만은 꼬박꼬박 존대로 대했으며 행동거지도 몹시 조심했다.

"난 배운 것도 별로 없고 군직(軍職)을 그만둔 후로는 가족들의 끼니를 걱정해야 하는 형편없는 처지로 전락했지만 사람 보는 눈 하나만은 자신한다. 저 사람은 언젠가는 대성(大成)할 거야. 눈빛을 보면 알 수 있지. 나는 감히 그의 눈빛을 정면으로 마주 보는 것조차 두렵더군. 그의 눈빛은 마치 천하를 집어삼킬 것 같다. 지난 두어 달 사이에 그 눈빛이 더욱 강렬해졌어."

어느 날 손교가 청산이 단운비를 공손하게 대하는 것에 대해서 물었을 때 그는 한참 망설이다가 나직하지만 힘있는 어조로 그렇게 대답했다.

단운비가 장차 대성할 인물이라는 것까지는 모르겠지만, 손교 역시 그가 보통 사람이 아니라는 것에는 공감해 오던 터여서 청산의 말에 자신도 모르게 고개를 끄덕였었다.

'석 달 전에 항주에서 대체 무슨 일이 있었기에 느닷없이 권법이라는 것을 익히려는 것인지……'

손교는 영은산 제일봉인 북고봉(北高峰) 옆쪽 능선으로 아침 해가 솟는 것을 보며 내심 걱정스럽게 중얼거렸다.

*　　　*　　　*

"결국 이 아이가……"

금검보주인 금검신성 독고헌은 한 장의 서찰을 손에 쥐고 무거운 중얼거림을 흘렸다.

그의 손에 쥐어져 있는 서찰은 그의 딸인 독고연지가 금검보를 떠나면서 남긴 것이었다.

아버님의 말씀을 거역하고 떠나야만 하는 소녀를 부디 용서하세요.

그러나 소녀의 결심은 반석처럼 확고해요. 소녀의 정혼자가 소문으로 들던 그 천화공자이고, 짝을 찾아보기 어려울 정도의 색마이며 파락호가 분명하다면, 소녀는 그를 기필코 새사람으로 만들어 보이겠어요.

단운비라는 사람이 장차 북문 신룡문을 이을 사람이며, 금검보의 사위가 될 막중한 신분이라는 사실은 아무리 강조해도 결코 지나치지 않을 거예요.

그러므로 소녀가 그를 바로잡으려고 하는 것이 비단 소녀 혼자만을 위함이 아니라는 것을 아버님께서는 해량하시기 바랍니다.

시댁이 될 신룡문이나 본 보에는 어떠한 누도 끼치지 않을 결심이에요.

부디 소녀의 고충을 너그럽게 헤아려 주신다면 아버님께선 삼 년 후에 누구보다 훌륭한 사위를 보게 되실 것을 다시 한 번 약속 드릴게요.

독고헌은 굳은 얼굴로 묵묵히 창밖을 내다보았다.

딸이 서찰에 적은 글은 구구절절이 옳았다. 독고헌 자신도 귀가 있으므로 사위가 될 단운비의 입에 담기조차 민망한 숱한 소문에 대해서는 잘 알고 있었다.

독고헌이 신룡문주와 자식들의 정혼을 밀약했던 십 년 전의 단운비는 강북 전역을 들썩이게 만든 천재였었다.

될성부른 나무는 떡잎을 보면 안다고 했다. 그러므로 천부

적인 무골을 타고났으며 천하에 사부로 모실 학자가 더 이상 없을 정도의 천재인 단운비가 장차 경천동지의 청년 영웅이 되리라는 사실을 의심할 사람은 그 당시에 아무도 없었다.

또한 그런 그가 십여 년 만에 천하인들이 손가락질하는 파락호로 변하리라는 것을 예견한 사람은 더더욱 없었다.

어쨌든 정혼의 밀약은 삼 년 후에 반드시 지켜져야만 한다. 만에 하나 정혼이 이루어지지 않는다면, 북문과 남보의 반목, 즉 무림사에 전무후무한 무림전쟁(武林戰爭)이 야기될 것이다.

그러나 반면에 정혼이 순조롭게 이루어진다면, 북문남보는 그 역시 무림사에 한차례도 이루어진 적이 없는 무림통일(武林統一)의 대위업을 이루게 될 터이다.

정혼을 하느냐 못하느냐는 것은 곧 천당과 지옥을 의미하고 있다. 그렇기 때문에 북문이든 남보든 결코 파혼을 원하지 않았다.

문득 독고헌은 여전히 창밖을 응시하며 나직이 중얼거렸다.

"생사령(生死令) 게 있느냐?"

스슷—

나직한 중얼거림의 여운이 아직 허공중에 남아 있는데 그의 뒤쪽 바닥에 희고 검은색이 뒤섞인 한 무더기의 흐릿한 운무가 피어났다.

그리고 그곳에는 원래부터 그 자리에 있었던 것처럼 백삼과 흑삼을 입은 두 인물이 부복한 채 이마를 바닥에 대고 미동도 하지 않았다.

독고헌은 그들을 돌아보지 않은 채 명령했다.

"암중에서 소보주를 호위하라."

"존명(尊命)."

백의장삼인의 어깨에는 한 자루 눈처럼 흰 백검(白劍)이, 흑의장삼인의 어깨에는 칠흑 같은 흑검(黑劍)이 메어져 있었다. 흑백의 두 사람은 머리를 더욱 조아리며 복명했다.

스웃—

그리고 다음 순간 두 사람은 아예 처음부터 나타나지도 않았던 것처럼 그 자리에서 유령처럼 사라져 버렸다.

"내 딸의 남편이 파락호 짓을 하는 것은 나로서도 봐주기 어려운 일이지."

독고헌은 조용히 중얼거렸다.

*　　*　　*

땡! 땡! 땡! 땡!

영은산 깊은 산중 울창한 숲속에서 규칙적이며 강한 격타음이 터져 나와 적막한 숲과 산중을 은은하게 떨어 울리고 있었다.

숲속, 격타음에 놀란 토끼와 사슴 따위가 분분히 이리저리 뛰어다니는 광경 너머에 한 사람이 우뚝 서서 주먹으로 나무를 치고 있는 모습이 보였다.

꿍! 꿍! 꿍! 꿍!

단운비였다.

그는 웃통을 벗어붙인 채 어른의 팔로 두 아름은 족히 됨 직한 한 그루 거목 앞에 버티고 서서 정권(正拳)과 입권(立拳)으로 번갈아가면서 힘차게 나무를 가격했다.

나무를 얼마나 가격했는지 나무껍질이 벗겨진 것은 물론이고 주먹이 적중된 부위의 나무껍질이 벗겨진 채 깊숙이 움푹 파여 있었다.

단운비는 온 힘을 다해서 주먹을 날렸다. 그러나 어깨를 뒤로 젖히지 않고 나무를 마주 보며 선 자세에서 팔만을 굽혔다 폈다 하면서 주먹을 뻗어냈다.

그의 벗은 상체는 약간 마른 듯했으나 어깨와 가슴, 옆구리, 팔뚝에 단단한 근육이 멋지게 발달되었고 복부에는 뚜렷하게 '왕(王)' 자가 새겨져 있었다. 지난 석 달 동안 변화된 그의 겉모습이었다.

그것은 그가 얼마나 혹독하게 수련했는지를 입증하는 증거이기도 했다.

벗은 상체에서 쉴 새 없이 굵은 땀이 줄줄 흘러내렸고, 주먹을 뻗을 때마다 바람을 가르는 소리가 쉭! 쉭! 났다.

그의 부릅뜬 두 눈은 주먹이 적중되고 있는 나무의 움푹 파인 곳에 고정되었으며, 눈을 깜빡이지도 않았고 눈빛은 심연처럼 깊고 맑은 중에 은은한 정광이 일렁였다.

뿌악!

그때 그의 오른 주먹 정권치기가 나무에 적중되자 여태까지와는 다른 음향이 터지면서 주먹이 나무 속으로 깊숙이 푹 꽂혔다. 그는 왼 주먹 입권치기를 뻗다가 중도에서 즉시 멈췄다.

우지직!

아름드리나무가 단운비의 주먹이 적중된 부위를 중심으로 요란한 소리를 내며 부러져서 뒤로 넘어갔다.

쿵!

"후우! 후우!"

그는 거친 숨을 몰아쉬면서 자신의 오른 주먹을 들어 올려 살펴보았다.

주먹에는 상처는커녕 흠집조차 없는데, 예전의 희고 여린 주먹이 아니라 겉보기에도 돌처럼 단단했다.

휙!

그는 나뭇가지에 걸쳐 두었던 누더기 상의를 벗겨내어 입고는 잠시 숨 돌릴 틈도 없이 숲속을 내달리기 시작했다.

숲 바닥에는 낙엽이 수북하게 쌓여서 발이 푹푹 빠질 텐데도 그가 달리는 속도는 오히려 평지에서보다 더 빨랐다.

휘익! 휙! 휙!

게다가 빽빽한 나무와 바위 사이를 요리조리 갈지자로 달리는데 한 번도 부딪치거나 넘어지지 않았으며 오히려 시간이 지날수록 달리는 속도가 점점 빨라졌다.

석 달 전에 그가 난생처음으로 권법이라는 것의 수련을 시작했을 때에는 모든 게 서툴렀고 엉망진창이었다.

하구촌을 출발하여 영은산까지의 십오 리 거리를 걷는 것만으로도 숨이 턱에 차서 헐떡거리다가 쓰러져서 혼절하기 일쑤였다.

그러다가 깨어나면 해질녘이거나 이미 주위가 어두워져서 원래 목적했던 산에는 오르지도 못하고 다시 하구촌으로 발길을 돌리기를 여러 날이나 반복해야만 했다.

열흘이 지날 무렵에야 어느 정도 걷는 것이 익숙해져서 새벽에 하구촌을 출발하면 이른 오후쯤에는 산에 오르기를 시작할 수 있게 되었다.

그러나 워낙 험산이고 가파른 언덕이라서 오르다가 굴러 떨어지기를 또다시 수십 차례.

천신만고 끝에 높이 오십여 장의 언덕을 가까스로 넘어서면 마침내 드넓고 울창한 원시림이 펼쳐진다. 그때부터 그는 그곳 원시림 전역을 수련장으로 삼았다.

한 걸음조차 제대로 옮기기 힘들 정도로 빽빽한 거목들과 무릎까지 빠지는 낙엽 더미, 여기저기 쓰러져 있는 나무와 날카로운 나뭇가지들과 미끄럽고 단단한 크고 작은 바위들은 천연의 장애물이 되어 하나같이 그를 방해하며 상처를 입혔지만, 나중에는 그것들이 오히려 수련에 도움을 주게 되었다.

단운비는 최초의 한 달을 산에 오르고 숲속을 자유자재로 달리며 높이 삼백여 장의 북고봉 정상까지 기어오르면서 기초 체력을 다지는 것으로 보냈다.

체력이 강해야지만 무술이든 뭐든 시도할 수 있는 것은 상식이다.

그는 원래 뭔가를 계획하고 행동으로 옮기는 것을 몹시 싫어했다.

하지만 어떤 이유에서든 일단 시작하게 되면 지나칠 만큼 정석대로 행했고 완벽을 기하는 고지식한 성격이기도 했다.

계획한 한 달이 지나 웬만큼 체력이 붙었다는 판단이 선 그는 두 달째부터는 본격적인 권법 수련에 돌입했다.

그는 살모사가 죽이라고 지목한 '시랑'이라는 건달을 처치하기 위해서 무공 한 가지를 익히기로 결심했다.

그의 머릿속에는 신룡문의 비전 절학뿐 아니라 천하의 쟁쟁한 무공 초식이 총망라되어 있었으므로, 그가 단지 마음만 먹는다면 어떤 무공이라도 익힐 수 있었다.

몇 시진 동안 고심한 끝에 그는 결국 무당파의 절기 중 하나인 대라십팔산수(大羅十八散手)를 선택했다.

그는 천하의 무공을 그저 초식만 달달 외우고 있는 것이 아니라 그것들의 근본이나 위력, 효용 가치, 그리고 그것들을 익히기 위해서 필요한 제반 조건 따위를 하나에서 열까지 두루 꿰고 있었다.

그렇기 때문에 지금 자신이 처한 상황에서 가장 적합한 무공으로 대라십팔산수를 선택했던 것이다.

무당파의 대라십팔산수는 무림에서도 손꼽히는 절기다. 그것만이라도 완벽하게 익히게 된다면 일류고수가 되어 무림을 활보할 수 있을 정도였다.

그러나 단운비는 일류고수가 될 생각은 손톱만큼도 없다. 단지 시랑을 죽일 수 있을 만큼의 실력만 필요했다.

그래서 그는 대라십팔산수 도합 구 초식 중에서 최초의 일초식만을 익히기로 마음먹었다.

굳이 구 초식 전부를 익히지 않더라도 그것만 제대로 익힌다면 능히 시랑을 거꾸러뜨릴 수 있을 것이라고 판단했기 때문이다.

그는 시랑이 일개 건달이라고 해서 과소평가하지도 않았고 필요 이상으로 과대평가하여 겁을 집어먹지도 않았다.

어느덧 단운비는 내달리던 울창한 숲을 벗어나서 또 다른 숲 앞에 우뚝 멈춰 섰다.

그러나 그의 전면에 있는 숲은 그냥 숲이 아니라 빽빽한 대나무 숲, 즉 죽림(竹林)이었다.

이 죽림이 바로 그가 지난 두 달 동안 혹독하게 대라십팔산수를 수련한 비밀 장소였다.

청죽림인데, 대나무들은 하나같이 굵기가 한 아름 정도로 매우 굵었으며, 높이는 무려 칠팔 장에 이르렀고 새파란 진녹색이다.

초봄의 청죽은 한창 물이 오르는 중이라서 표면이 매끄러웠고 차가운 단단함을 지니고 있었다.

지난 두 달 동안 하루도 빠짐없이 청죽림에서 수련해 온 단운비였지만 지금의 심정은 여태까지와는 조금 달랐다.

그는 오늘을 두 달 동안의 수련을 최종적으로 마무리하고 점검하는 날로 삼은 것이다.

그에게 있어서 대라십팔산수를 수련하는 행위는 무공 수련이 아니라 낙양의 신룡문으로 돌아갈 수 있는 유일한 길이고 방법이었다.

그 길을 막고 서 있는 것이 시랑이고, 그를 죽여야만 드디어 집으로 갈 수 있는 것이다.

그는 집에 도착하는 즉시 고되게 수련한 대라십팔산수를 까맣게 잊을 것이고 두 번 다시 사용하지 않을 생각이다.

단운비는 굳은 얼굴로 지그시 어금니를 악물었다. 그에겐 달리 스승이 없다. 그 자신이 스승이며 동시에 제자였다.

원래 그는 어린 시절 학문에 정진했을 때에도 자신에게 지나칠 정도로 엄격하고 혹독했으며, 그것은 지금이라고 해서 별반 다르지 않다. 아니, 오히려 지금은 그것이 절실하게 더 필요한 상황이었다.

　학문이든 무공이든, 자신에게 너그러우면 훗날 그 너그러웠던 만큼 반드시 손해를 입게 될 것이라는 게 그의 지론이었으므로.

　척!

　이윽고 그는 청죽림을 향해 걸음을 내디뎠다.

　휘익!

　아니, 첫발을 내디뎠다고 여긴 순간 그의 몸은 바람처럼 청죽림 안으로 쏘아 들어가고 있었다.

　그의 전면을 한 아름의 굵직한 청죽들이 가로막았다.

　슈슉!

　순간 그의 오른 주먹이 청죽의 사람 얼굴 높이쯤을 향해 빠르게 뻗어나갔다.

　그리고 거의 동시에 그의 상체가 약간 왼쪽으로 틀어지며 왼 주먹이 왼쪽의 청죽을 향해 쏘아졌다.

　딱! 딱!

　웅웅웅!

　정권과 입권이 두 그루 청죽 한복판에 거의 동시에 적중되자 청죽이 부르르 몸서리를 치며 진동음을 터뜨렸다.

　방금 일격을 가격한 주먹은 그가 처음 불꼬챙이 손교를 만났을 때 주먹으로 그녀의 얼굴을 때리고는 주먹이 아프다고 눈물을 찔끔거렸던 그 고사리 주먹이 더 이상 아니다.

슉! 슉!

다음 순간 방금 그가 왼쪽으로 약간 몸을 틀었던 것보다 정확하게 두 배 더 큰 각도로 오른쪽으로 몸을 틀면서 오른 주먹을 날렸으며, 그 직후에는 방금 오른쪽으로 몸을 틀었던 것의 두 배 각도로 왼쪽으로 다시 틀면서 왼 주먹을 날렸다.

딱! 딱!

세 번째, 네 번째 청죽의 한복판 가슴 높이와 허리 높이에 정확하게 주먹이 적중되었다.

그런데 이번에는 주먹이 아니라 각각 손을 칼처럼 세운 유엽장(柳葉掌)과 손을 쭉 펴고 네 손가락 끝에 강한 힘을 준 금교장(金橋掌)이다.

딱딱딱딱!

우우우웅!

그의 두 발은 빠르지도 느리지도 않게 물 흐르듯이 규칙적으로 전진하고 있었다.

상체는 한 번 주먹을 뻗을 때마다 좌로, 혹은 우로 번개같이 틀어졌으며, 주먹이 청죽을 때리면서 울려 퍼지는 음향의 간격은 너무나도 일정했다.

그리고 그가 뻗어내는 손 모양은 연이어서 호조수(虎爪手), 평권(平拳), 봉안권(鳳眼拳), 삼음지(三陰指) 등으로 변했으며 도합 열여덟 가지 '권(拳)'의 형태였다.

슈슈슈슉!

딱딱딱딱!

우우우웅!

주먹이 바람을 일으키는 소리와 청죽에 적중되는 격타음, 청죽이 진동하는 소리가 청죽림 안에 가득 울려 퍼졌다.

점차 시간이 흘렀고, 단운비가 청죽림 안으로 깊숙이 들어갈수록 그의 주먹은 더욱 빨라졌으며 격타음과 진동음도 더 커졌다. 점점 힘이 솟는 것 같았다.

가까이에서 보면 그의 두 팔과 두 주먹은 육안으로는 거의 보이지 않을 정도로 빨랐다.

게다가 그의 두 주먹이 좌우 청죽의 상중하로 번갈아가면서 뻗어나가고 적중하는 광경이 마치 우산이나 풍차를 빙글빙글 돌리는 것처럼 보였으며, 마치 어부가 배 위에서 그물을 활짝 펼쳐서 던지는 것 같기도 했다.

바로 그렇다.

대라십팔산수의 '대라(大羅)'는 곧 큰 그물이라는 뜻이다.

즉, 큰 그물이 어떤 물체를 뒤덮어서 꼼짝달싹 못하게 만드는 것처럼, 대라는 적의 온몸의 급소를 순식간에 공격하는 절묘한 수법이다.

또한 '십팔산수(十八散手)'는 열여덟 가지의 권의 형태로 두 주먹을 현란하게 주위에 흩뿌리는 수법이다. 이른바 흩어질 '산(散)'이다.

그러므로 대라십팔산수는 극히 짧은 순간에 가장 정확하며 강한 주먹들을 순식간에 소나기처럼 쏟아내어 상대를 제압하는 수법인 것이다.

딱딱딱딱!

웅웅웅웅!

단운비는 길이 삼십여 장의 청죽림을 거의 관통하고 있을 무렵 기이한 느낌을 단전에서 느꼈다.

그 느낌은 단전에서 무엇인가 미약하게 꿈틀대는 것 같기도 했고 단전 깊숙한 곳이 간지러운 것 같기도 했다.

'혹시 이것은?'

그는 순간적으로 그 느낌이 단전에 축적된 내기가 주먹으로 뿜어지려 하는 것이 아닐까 하고 생각했다.

그가 뇌정심법을 운기한 기간은 이제 고작 석 달 보름 남짓이었다.

주먹을 통해서 내기나 내공을 뿜어내는 소위 '발경(拔勁)'을 시도하려면 최소한 일 년 이상 꾸준히 운기를 해야만 가능하다. 그래야 발경으로 장작개비라도 부러뜨릴 수 있을 것이다.

그런 기초적인 상식을 단운비가 모를 리 없다.

그러나 지금 이 순간 단전에서 꿈틀거리는 것은 대체 뭐란 말인가. 그는 결국 상식보다는 자신의 느낌에 충실하기로 마음먹었다.

그는 주먹에 조금도 힘을 싣지 않고 그 대신 단전에서 꿈틀거리는 기운을 끌어내서 팔을 통해 주먹으로 보내며 팔을 뻗었다.

슈우—

그러자 주먹이 조금도 힘을 싣지 않았음에도 불구하고 여태까지보다 배 이상 빠르게 뿜어져 나갔다.

쩍!

이어서 그의 주먹이 한 그루 청죽에 적중했다. 그러나 힘이 실렸을 때보다 청죽이 충격을 덜 받은 것 같았다.

단운비는 내기라고 여겨지는 기운을 주먹에 실었을 때에는 빠르기는 빨라도 위력은 없는 것인가 하고 아주 잠깐 실망스러운 기분이었다.

우직!

그런데 믿어지지 않는 일이 일어났다. 단운비의 주먹이 청죽을 뚫고 팔꿈치까지 속으로 쑤셔 박혀 버린 것이다.

'설마… 내력(內力)이 형성된 것인가?

그는 눈으로 보고 있으면서도 쉽사리 믿어지지가 않았다. 내력이 주먹을 통해서 발경되지 않았다면 단단하기로 소문난 청죽에 구멍이 뚫릴 리 만무했다.

알 수 없는 묘한 희열이 가슴 밑바닥에서 스멀거렸다. 그것은 무림인들이 어떤 소기의 성과를 거두었을 때 맛보는 희열과 비슷했다.

그러나 사실 그가 방금 주먹을 통해서 뿜어낸 것은 내공도 발경도 아니다.

그것은 그저 지난 석 달여 동안의 심법 수련이 십칠 년 동안 그의 체내에 잠재되어 있던 기력을 두루 일깨워 두었다가 한순간에 격발시켜 준 것에 불과했다.

내공을 갖는 일이 그렇게 쉬웠다면, 개나 소나 죄다 무림고수라고 판치고 다녔을 것이다.

단운비는 지난 석 달 동안 언제나 동이 트기 전에 하구촌을 출발하여 영은산에 갔다가 해가 지고 나서야 돌아왔는데, 오늘은 평소보다 훨씬 이른 정오가 약간 지날 무렵에 영은산에서 내려왔다.

그러나 그는 하구촌으로 가지 않고 곧장 항주성으로 향했다. 시랑을 죽이러 가는 길이다.

그의 걸음은 나는 듯했고, 물이 흐르듯 빨랐다.

영은산 청죽림에서 쉬지 않고 수련을 했으며 산에서 서호까지 십오 리 길을 걸어왔음에도 조금도 지치지 않은 기색으로 걷고 있었다.

단운비는 서호의 둑길을 규칙적인 보폭으로 걸어가다가 문득 뒤쪽에서 누군가 자신을 따라오고 있는 듯한 발자국 소리를 들었다.

걸음을 멈추고 돌아보자 청산이 삼 장여의 거리를 두고 따라오고 있다가 걸음을 멈추지 않고 계속 걸어오는 것이 보였다.

"어딜 가느냐?"

단운비는 굳은 얼굴로 물었다.

"귀하가 가는 곳에 저도 갑니다."

청산은 단운비의 세 걸음 앞에 멈춰 서서 조용히 대답했다.

"내가 어딜 가는지 아느냐?"

"모릅니다."

"그런데 왜 따라오는 것이냐?"

"그래야 할 것 같아서입니다."

"따라오지 마라."

"……."

청산은 대답하지 않았다.

단운비는 그가 침묵하는 것을 수용으로 받아들이고 몸을 돌려 다시 걸음을 옮겼다.

저벅저벅―

그러나 그는 몇 걸음 걷기도 전에 뒤에서 청산이 따라오는 발자국 소리를 듣고 다시 걸음을 멈춰야만 했다.

"너는 내가 이해할 수 있는 적절한 이유를 말해야 할 것이다. 왜 따라오는 것이냐?"

청산은 단운비와 손교에 의해서 목숨을 구함받은 이후 마땅히 갈 곳이 없다면서 하구촌에 머물며 거지 생활을 하고 있는 중이었다.

그는 과거에 백 명의 군사를 거느리던 백호의 신분이었는데도 불구하고 하구촌의 거지들과 쉽사리 어울려서 항주성으로 몰려가 그들과 함께 구걸을 하고 동냥도 하다가 요즘은 하구촌의 영역을 넓히는 일을 하고 있었다.

요즘 청산이 가세하게 된 하구촌 패는 신바람이 났다. 무얼 하든 거칠 것이 없었다.

하구촌 패를 막는 거지 패거리들은 죄다 청산의 주먹질과 발길질에 뼈가 부러지고 이빨이 부러져서 나뒹굴기에 바빴다.

하다못해 숲에 사는 짐승들에게나 성내의 비루먹은 개에게조차도 영역이라는 것이 있게 마련이다.

하물며 가장 밑바닥 인생이라고는 하지만 사람인 거지들에게 영역이란 것이 없을 리 만무했다.

항주 성내에는 백여 개의 거지 패거리들이 득실거렸으며 그들은 성내의 모든 땅이나 집과 점포에 마치 금이라도 그어 놓은 것처럼 정확하게 자신들의 영역을 차지한 채 행세하고 있었다.

거지들이 성내의 대로를 활보할 수 없는 것처럼, 거지들은 다른 거지 패의 영역 안에서 구걸이나 동냥을 할 수 없다는 규칙이 정해져 있었다.

만약 발각되면 끌고 가서 가차없이 죽여 버리는 것으로 응징을 가했다.

당한 거지 패들은 그것에 대해서 한마디 항의도 하지 않았고 해명하지도 않았다. 규칙이었으므로.

항주 성내에는 열 개의 건달 조직과 세 개의 하오문(下午門) 조직, 그리고 백여 개의 거지 패거리들이 거미줄처럼 얽히고설켜 서로 견제하며 공존하고 있었다.

성내의 백여 개 거지 패거리들도 세력과 영역이 큰 대걸파(大乞派)가 있고 작은 소걸파(小乞派)가 있었다.

또한 세력은 비록 작지만 싸움에 강한 강걸파(强乞派)가 있는가 하면 세력의 대소(大小)에 무관한 약걸파(弱乞派)도 있었다.

무림방파들이나 건달 조직들은 문파 제자의 수효에 관계없이 오직 실력으로만 대문파, 혹은 소문파로 차등 지어진다.

반면에 거지 패거리는 어느 패거리가 거지들을 더 많이 데리고 있느냐는 철저한 대가리 숫자에 따라서 대걸파와 소걸파로 갈리고 또한 영역권에서의 우선권이 주어진다.

거지 패거리의 싸움의 승패를 가르는 것이 무술이나 싸움 재주에 있는 것이 아니라 순전히 마구잡이 패싸움에 있기 때문에 숫자가 많으면 무조건 싸움에서도 유리했다.

하구촌 거지 패거리는 항주 성내 백여 개 거지 패거리 중에서도 가장 약한 약결파보다 더 약했다. 약하다는 것은 거지들 숫자가 적다는 뜻이었다.

그래서 성내로 진출하지도 못할뿐더러 성 밖 가까운 곳에 얼씬도 하지 못했다.

성 밖에는 호시탐탐 성내 진출을 노리는 패거리들이 또한 자신들의 영역을 확보하고 있기 때문이었다.

그러므로 하구촌 패는 성내는 물론 성 밖에도 붙어 있지 못하고 멀리 서호 반대편의 하구촌까지 밀려나 겨우 터를 잡고 있었던 것이다.

물론 하구촌 패의 왕초 흑곰이 역발산의 놀라운 힘을 지니고 있긴 하지만, 그저 힘을 지니고 있을 뿐 특별한 싸움 재주를 갖고 있는 것이 아니었다.

마구잡이 싸움에서 흑곰 한 사람에게 수십 명의 거지들이 낫이나 도끼를 들고 한꺼번에 달라붙어 휘두르고 찍어대면 제아무리 흑곰이라고 해도 용빼는 재주가 없었다.

그런데 어느 날 흑곰에게 날개가 생겼다. 청산이 바로 흑곰의 날개였다.

흑곰이 우직한 곰이라면 청산은 날쌔고 용맹한 매[鷹]였다. 곰과 매가 한 조가 되어 치고 나가면, 오합지졸 중에서도 쓰레기 같은 거지 떼는 그야말로 낫으로 수수깡 베기나 다름없을 정도였다.

예전에 하구촌 패는 성문 밖에는 얼씬거리지도 못하고 성

문으로 이르는 관도 변에서 항주성을 출입하는 행인들에게
구걸하고 동냥하는 것이 고작이었으니, 그래서야 수입이 변
변하지 못했던 것은 당연했다.

　그나마도 서로 좋은 터를 잡으려는 다른 거지 패거리와 아
귀다툼을 벌여서 이긴 후에야 가능했다.

　그런데 청산이 가세한 이후부터 하구촌 패는 과감하게 성
문 밖까지도 진출해서 성문을 출입하는 온갖 사람들로부터
구걸과 동냥을 하기에 이르렀다.

　시비를 거는 다른 거지 패거리들은 전적으로 흑곰과 청산
두 사람이 깡그리, 그리고 깨끗하게 해결했다.

　자연히 하구촌의 수입은 좋아졌고, 더 이상 굶주리는 거지
가 없어졌을 뿐 아니라 이따금씩은 귀하디귀한 고기를 구경
하는 날도 차츰 생겼다.

　그런데 오늘 청산은 흑곰을 따라 항주성으로 가지 않았다.
단운비가 무슨 짓을 저지르려고 하는지 대충 짐작하고 있었
기 때문이다.

　"귀하는 누군가를 죽이러 가는 겁니까?"

　"……!"

　청산이 단운비를 똑바로 응시하며 조용히 묻자 단운비는
자신도 모르게 흠칫했다.

　"어떻게 알았느냐?"

　"며칠 전에 귀하가 자면서 잠꼬대하는 것을 들었습니다.

시랑을 죽여야 집에 갈 수 있다고. 시랑이 누군지는 모르겠지만 귀하가 지금 그를 죽이러 가는 것만은 분명한 것 같습니다.”

“음!”

얼마나 뼛속까지 사무쳤으면 자면서까지 시랑을 죽여야 한다고 잠꼬대를 했겠는가마는, 인간이 자는 중에 하는 잠꼬대까지 마음대로 제어할 수는 없는 노릇이었다.

실수라면 청산이 단운비와 같은 움막 안 바로 옆에서 잤다는 사실이다.

“나는 혼자 가고 싶다.”

“귀하는 혼자 가십시오. 저도 혼자 가겠습니다.”

결국 따라가겠다는 뜻이다.

단운비는 슬쩍 눈살을 찌푸렸다.

“너는 날 귀찮게 하는구나.”

“그렇다면 미안합니다. 하나 저는 귀하가 무슨 일인가를 할 때 꼭 곁에 있고 싶습니다.”

“왜 그래야 하지?”

청산은 잠시 대답하지 않다가 이윽고 진중히 입을 열었다.

“귀하가 범상한 사람이 아니라고 판단했기 때문입니다. 저는 일개 군인이었다가 이젠 한낱 거지가 된 쓸모없는 인간이지만, 이렇게 평생을 살아가긴 싫습니다. 그렇다고 제게 천하를 움직이거나 권세를 이룰 능력이 있는 것도 아닙니다. 그러므로 제가 할 수 있는 일이라는 것은 운 좋게 귀인을 만나 그를 위해 견마지로(犬馬之勞)하여 훗날을 대비하는 정도가 고작입니다. 옛말에 새도 나무를 가려서 앉는다고 했습니다. 솔직하게 말씀드리면, 저는 귀하라는 나무에 앉고 싶습니다."

사실 말이 없기로 치자면 청산은 흑곰보다 한술 더 뜨는 사람이었다.

하구촌 패와 상박촌 패의 싸움이 있던 날 밤 모닥불 가에서 술을 마시며 자신의 신세에 대해서 간략하게 설명했던 것이 그가 지난 석 달 동안 했던 말의 전부였을 정도다.

그러나 청산의 말은 결코 길지 않았다. 자신의 일생을 단운비에게 의탁하겠다는 큰 의미를 담고 있는 것에 비하면, 오히려 그의 말은 짧다고 할 수 있었다.

사람이 태어나서 죽을 때까지 자신의 운명을 결정지을 만한 계기가 단 한 번도 없을 수 있고 많아야 두세 번 정도 있을 수 있는데, 청산은 지금이 바로 그때라고 판단한 것이 분명했다.

단운비는 뜻밖이라는 표정으로 청산을 쳐다보았다.

"너는 도대체 나의 어떤 면을 보고 내가 범상한 사람이 아니라고 판단한 것이냐?"

"그것이 말로 설명할 수 있는 것이라면 저는 귀하를 귀인이라고 판단하지 않았을 것입니다.”

청산의 말은 옳았다.

단운비는 바보 같은 질문을 한 꼴이 됐다.

그러나 단운비는 의문을 품을 수밖에 없었다. 현재 그의 모습은 석 달하고도 보름 동안이나 목욕은커녕 세수조차 한 적이 없어서 영락없는 까마귀의 몰골이었다.

처음에 하구촌에서 깨어났을 때 입고 있던 옷보다 조금 나은 것이라고 손교가 일껏 골라서 입혀준 누더기도 거지들 눈에나 좋고 나쁨이 비교가 되는 것이지, 예전의 입었던 옷이나 거기서 거기였다.

그나마 석 달 동안 빨지도 않았을뿐더러 돌아다닐 때는 평상복이고 잘 때는 잠옷이어서 해질 대로 해진, 말 그대로 누더기였다.

그래서 그가 한차례 수련을 하고 난 후 땀에 흠뻑 젖은 옷을 짜면 새카만 먹물이 뚝뚝 떨어질 정도였다.

그런 거지꼴인 단운비를 보고 귀인입네 뭐네 말하는 사람은 아마도 미친 사람이거나 청산뿐일 것이다.

청산은 고집스러운 표정을 짓고 있었다. 그 얼굴에는 단운비가 뭐라고 하든 죽어도 따르겠다는 확고한 의지가 가득 떠올라 있었다.

단운비에게 이런 경우는 처음 있는 일이었다. 이날까지 그에게 무릎을 꿇고 충성을 맹세했던 자들은 하나같이 신룡문이라는 권력 앞에 무릎을 꿇었을 뿐이다.

그것을 모를 정도로 단운비는 바보가 아니었다. 그랬기에 자신의 쭉정이 같은 존재에 대해서 더욱 허망함을 맛보아야만 했던 그다.

그렇다면 이 녀석은 진짜다. 이 녀석은 나도 모르는 나의 그 무엇에 대해서 뭔가 감지한 것일 게다.

이 녀석도 확실한 것은 모를 터이다. 다만 도박을 해보자는 것이겠지.

좋아. 그렇다면 내게서 뿜어지는 것이, 내 안에서 꿈틀거리는 것이 무엇이든 이제부터 알아보기로 하지, 라고 단운비는 내심 중얼거렸다.

"좋아, 따라와도 좋다. 그러나 언제든 떠나고 싶으면 떠나라. 단, 깃털[羽]은 남기지 말도록."

단운비는 가볍게 고개를 끄덕였다.

그러자 청산은 단운비를 향해 그 자리에 무릎을 꿇고 큰절을 올리며 웅혼한 어조로 입을 열었다.

"받아주셔서 감사합니다. 지금부터 주군(主君)으로 모시겠습니다!"

더 나을 것도 모자랄 것도 없는 두 거지가 한 명은 우뚝 서 있고 한 명은 그 앞에 부복하여 주종지례(主從之禮)를 취하고 있다.

다른 사람이 봤다면 배꼽을 잡고 웃을 일이었지만 두 사람의 표정과 자세는 진지하기 짝이 없었다.

단운비와 청산.

이후 천하무림을 한 손에 쥐고 뒤흔들게 될 두 사람의 운명은 이렇게 맺어졌다.

『풍림화산』 2권에 계속…

천마검협전

임준후 新무협 판타지 소설

철혈무정로 1부

인세에 지옥이 구현되고 마의 군주가 현신하면
그 누구도 그를 막지 못하리라!
이는 태초 이전에 맺어진 혼돈의 맹약, 육신에 머문 자나
육신을 벗은 자나 누구도 파할 수 없는 구속의 약속일지니……

주검과 피, 그리고 살기가 강물처럼 흐르는 전장에서
본연의 힘을 되찾게 되는 신마기!
신마기의 주인은 전장을 거칠 때마다 마기와 마성이 점점 더 강해져
종국에는 그 자체로 마(魔)가 된다……

제어되지 않는 신마기…
이는 곧 혼돈의 저주, 겁화의 재앙이다!

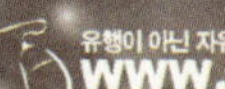

長虹貫日
장홍관일

월인 新무협 판타지 소설

세상은 언제나 정의가 승리하고,
그래서 사필귀정(事必歸正)이라고?

개소리!

세상은 나쁜 놈들이 지배하지.
그러나 그놈들은 아주 교활해서 절대로 나쁜 놈처럼 안 보이지.
현재 무림을 지배하고 있는 백도의 어떤 인간들처럼……

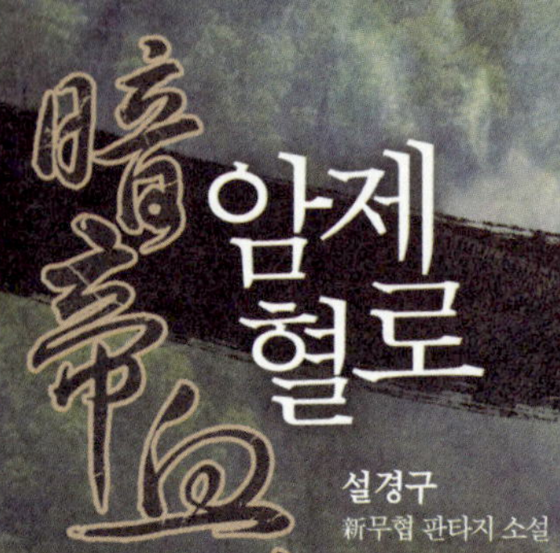

암제혈로

설경구
新무협 판타지 소설

—떠나세요, 가능한 한 멀리.
—하나만 기억하세요. 일단 살아남아야 후일을 도모할 수 있습니다.
—떠나.

오랫동안 연락이 두절되었던 이들이 약속이라도 한 듯 찾아와
꺼낸 이야기들과 함께 시작되는 집요한 추적.
그리고 거대한 음모에 휘말려 억울한 누명을 쓴 채로
오직 살아남기 위해 필사적으로 도주하는 한 사내, 진가혼.

"왜 하필 나입니까?"
"자네가 가장 적당하기 때문이지."
"아시겠지만 그를 죽인 것은 제가 아닙니다."
"물론 알고 있네. 그런데 말일세… 그래도 그를 죽인 것이 자네라는
사실은 변하지 않네."

누구를 믿어야 할까.
적아도 명확하지 않은 상황에서 이유조차 모른 채 도주하던
한 사내의 역습이 시작된다.

Book Publishing CHUNGEORAM